CLÍMAX

Una Novela Explicitamente Erótica

UNIVERSO ERÓTICO
relatoseroticosxxx.com

DULCE VENENO

Derechos de Autor

Publicado por Universo Erótico en Amazon

Este libro está destinado a personas mayores de 18 años, ya que contiene escenas sexualmente explícitas. Todos los personajes en este obra son mayores de 18 años y los actos aquí descritos son consensuales.

Todos los eventos que tienen lugar en este relato son ficticios, por lo que embarazos no deseados o enfermedades de transmisión sexual no ocurren, a menos que formen parte de la historia. En la vida real, tener sexo sin protección puede tener graves consecuencias permanentes; por favor, recuerden esto y siempre usen protección adecuada y hagan pruebas necesarias para asegurar que su pareja o ustedes mismos no sufran los estragos que pueden surgir de una enfermedad venérea o un embarazo no planificado.

¡Ahora sigue leyendo y disfruta!

Porque sentirte sexy empieza en tu imaginación ;)

Índice

CAPÍTULO 1

Gimió contra su oído al sentir su rigidez penetrarla. Los músculos de Alejandro se tensaron al traspasar sus pliegos y hundirse en su humedad. Diana rodeaba su cintura con las piernas y lo estrechó con más fuerza, atrayendo su cuerpo al suyo en aquella fusión inesperada e irresistible. Alejandro hundió su rostro en su cabello, inhalando su fragancia, no sabía si era frutas o flores, pero su aroma lo había enloquecido desde el primer instante que colisionaron.

Jadeaba sin censura, arqueando su cuerpo contra el suyo, invitando su miembro hasta el fondo de su canal mientras él la sujetaba contra la puerta del baño y entraba y salía una y otra vez de su calor resbaladizo.

Su faldita de colegiala estaba arruchada por su cintura mientras que su blusa y brasier estaban desabrochadas, dejando sus redondas tetas al aire, bamboleando con el vaivén de su encuentro.

Sus bocas se estrellaron en un beso necesitado de lenguas entrelazadas y jadeos acelerados.

–¡Todo! –suplicó contra sus labios–. ¡Métemelo todo!

Gruñó, más excitado de lo había estado en mucho tiempo, enterrándose en ella hasta el fondo. Jamás había imaginado que esta noche terminaría entre las piernas de una mujer cuyo nombre y rostro desconocía.

***

No había duda que esto no era para nada lo que había tenido en mente para esa noche. Hace unas horas estaba sentado en una mesa en un bar al otro lado de la ciudad celebrando con un grupo de amigos. Había sido una circunstancia bienvenida, ya que Tony, Ángel y Manuel estaban casados y con hijos pequeños en casa, por lo que ya no contaban con la misma cantidad de tiempo libre como Alejandro.

Alejandro contribuía a la conversación anécdotas de sus estudiantes mientras que sus amigos compartían historias de sus familias. Era el único "soltero" del grupo, y a pesar de que estaba feliz con los logros en su vida, estas reuniones le recordaban aquello que anhelaba, y tenía poca, casi ninguna, esperanza de que lo fuera a encontrar, especialmente por el sabor amargo que había dejado su última relación.

Fue una genuina sorpresa el impulso que lo llevó a follarse a esta sexy colegiala que probablemente era una estudiante en la misma universidad donde él era profesor.

Después de haberse despedido de los muchachos a las 10:30 de la noche, no quiso regresar a casa. Era viernes, era muy temprano para dormir y no tenía ánimos de sentarse solo a leer, ya que Sonya y Axel le habían dicho que llegarían mañana a su casa a pasar el fin de semana largo. Por lo que se desvío a La Escondida, un bar más en el área adyacente a la universidad, pero que tenía un ambiente que atraía a una clientela más madura que la del típico rumbero universitario. Bueno, por lo general era así, a medida que Alejandro se acercaba a la puerta, podía ver una muchedumbre dispersa de jóvenes disfrazados.

–¿Acaso aún estamos en carnavales y no me di cuenta? –preguntó Alejandro.

Armando, quien atendía la entrada, se encogió de hombros como si se estuviera disculpando y le dio un antifaz negro.

–Una fiesta de disfraces. Todos los chicos se vinieron para acá esta noche celebrando el cumpleaños de alguna tal Candela. Aparentemente tiene un coñazo de seguidores en las redes sociales. Le está pagando al jefe un kilo de dinero, así que esta noche hay otras reglas... y una de ellas es que hay que estar de "incógnito".

Alejandro hizo una mueca de no estar impresionado, pero igualmente tomó la máscara. Había más que suficientes mujeres con atuendos provocadores que alimentaban su apetito visual.

Trataba de navegar por la masa de gente para llegar a la barra cuando una chica de cabello hasta los hombros y negro como el ónix trastabilló, chocando contra el muro firme de su cuerpo.

Exhaló exasperado al sentir la cerveza fría mojar su camisa blanca. La morena había derramado su bebida sobre él y ahora estaba presionada contra su torso por el exceso de gente en la tasca.

–Disculpa. No fue mi intención.

Anticipaba que su voz delataría una excusa ebria por parte de la chica, pero al oír el tono familiar de su voz y mirar sus brillantes ojos azules detrás del antifaz, pudo ver que no estaba borracha... más bien se le erizó la piel al notar el temor en su mirada.

Su reacción de disgusto cambió rápidamente por uno más compasivo.

–Oye, tranquila, no pasa nada.

Ella miró por encima de su hombro nerviosa, y luego volvió la cara, contemplando su expresión preocupada, la línea firme y masculina de su quijada, sus ojos color de avellana.

Se había aferrado a sus brazos para no caer al piso cuando sintió que sus manos la tomaron por la cintura en un gesto protector. No tenía ni la menor idea de quién era este hombre, pero se sintió a salvo, aunque sea por un momento.

–¿Estás bien? –preguntó Alejandro.

Aquella voz le resultó familiar, pero el volumen de la

música y los antifaces que todos ostentaban no lograba ubicarlo. Aún así su presencia la reconfortó, y a pesar de que no podía detallar su rostro, el hombre era intensamente atractivo. "¿Qué pasaría si lo beso?" se preguntó a sí misma.

Dejó que su curioso atrevimiento tomara las riendas... Se paró de puntillas y lo miró directo a los ojos antes de cerrar la distancia entre ellos con un beso que le quitó el aliento.

Quizás no debía responder el beso de esta chica. Él no sabía si era una de estas tipas que hace cosas extremas para atraer la atención de su novio, pero algo en él le decía que eso no era el caso.

Le devolvió el beso con ganas, y cuando ella entreabrió los labios para recibir su lengua, él la atrajo por la cintura, estrujando sus suaves senos contra su pecho, presionando la erección que le había provocado contra su vientre.

Guiado por puro impulso, Alejandro bajó las manos por sus caderas hasta hallar sus voluptuosas nalgas, afincando los dedos en su carne antes de agarrarlas con posesión y alzarla del suelo. La morena automáticamente lo rodeó con las piernas y dejó que la cargara de aquella manera, atravesando la muchedumbre sin pedir permiso ni disculpas.

La llevó directamente hasta la parte trasera del local y entró al baño de caballeros donde había dos chicos fumando un cigarrillo.

Prácticamente en un ladrido vociferó– ¡Fuera! Ahora.

Los jóvenes lo miraron, indiscutiblemente admirando al hombre alto con una atractiva mujer en brazos. Asintieron y salieron rápidamente. Alejandro trancó la puerta a sus espaldas, sonriendo contra los deliciosos labios de su morena misteriosa al oírlos decir– ¿Viste eso? –a lo que el otro respondió–. Ojalá coronemos un culo así, ¡qué buena está!

Diana rio apenada por los comentarios, y sintió un aleteo de emoción en su pecho cuando el hombre enmascarado de cabello castaño murmuró contra su boca.

–Esos pobres diablos no encontrarán a ninguna otra como tú aquí.

Alejandro se sentía como si tuviese 20 años otra vez. No tenía idea por qué esta chica estaba inspirando este lado salvaje e impulsivo en él, pero se sentía tan bien que no iba a desperdiciar el tiempo cuestionándolo.

La sostenía entre su cuerpo y la puerta del baño, mientras ella lo abrazaba con las piernas, logrando así que sus grandes manos desabrocharan su blusa. Sus senos se ceñían contra su brasier, la imagen erótica ante sus ojos era una tentación irresistible, por lo que bajó la tela del sujetador y contempló los picos erguidos de sus pezones antes de devorar, lamer y chupar uno, luego el otro, poseído por un hambre desesperado.

Su erección palpitante rogaba penetrarla, pero antes de liberarlo dijo–. Si quieres que me detenga, éste sería el momento, preciosa.

Frente a frente volvió a clavar su mirada en aquellos ojos azules y ella simplemente dijo en un suspiro necesitado–. ¡Métemelo!

Alejandro exhaló extático, liberó su verga hinchada y deslizó la tela empapada de su tanga hacia un lado. Posicionó la corona en su entrada, su cuerpo excitado y dispuesto lo engulló, recibiendo su longitud en su calor.

Hundió el rostro en su cuello, inhalando su aroma dulce y femenino a medida que entraba y salía una y otra vez de ella.

Ella afincaba los dedos en sus hombros, los dos jadeando en el placer de aquel encuentro, inevitablemente escalando cada vez más.

Alejandro percibía como sus gemidos se agudizaban y su cuerpo lo apretaba con más fuerza. Estaba cerca al clímax, y no había nada que quería más en ese instante que hacer que ella se corriera sobre su verga.

–Así es preciosa, apriétamelo más duro. El cielo no se compara con estar dentro de ti. Quiero sentir como te corres sobre mi verga.

Sus palabras atrevidas revolucionaron aún más su deseo, Diana se sentía como otra persona, no podía creer que todo lo que estaba haciendo y sintiendo era posible.

–Sí, sí, sí –decía como un mantra, dejando que la embistiera hasta lo más profundo de su ser.

–Apriétamelo duro con tu delicioso coño.

Obedeció sin cuestionar, contrayendo sus músculos internos, succionando su miembro; resolló cuando sintió la inclinación de su pelvis y friccionó contra la perla de su clítoris. Su ascenso al clímax era ineludible, la besaba, tragando sus gritos mientras su cuerpo se tensaba rítmicamente con las sacudidas de éxtasis.

El cuerpo de ella vibraba con las estelas de su orgasmo, solo entonces él permitió el desbordamiento avasallador de su propio clímax, su miembro pulsando en su interior.

Ambos permanecieron quietos, frente a frente, recuperando el aliento y el control de sus cuerpos. Cuando ella creyó que se podía poner de pie sin caer derretida a sus pies, se soltó con cautela. Él la ayudó a reincorporarse, su corazón latiendo acelerado.

Diana le sonrió con un poco de timidez, no sabiendo exactamente qué decir o hacer. Él fue el primero en hablar–. ¿Quizás debía preguntar primero, pero ¿cómo te llamas?

CAPÍTULO 2

Ella lo miró, contemplando la mirada cálida de este amante inesperado, cautivada por sus ojos avellana. Parte de ella quería decirle su nombre y refugiarse en su abrazo, pero su vida ya estaba lo suficientemente complicada como para sumarle más. Así que en un intento de ser casual, simplemente respondió–. Es más interesante sin nombres, –le dio otro beso cargado de pasión y antes de que pudiera reaccionar, ella abrió la puerta y se perdió entre la muchedumbre.

–¡Hey! ¡Espera! –dijo Alejandro tomado por sorpresa. Salió tras ella, pero se tropezó con un tipo que le dijo bruscamente–. ¡Ya era hora hombre! Apártate que tengo que mear.

Alejandro lo miró por un instante, decidió ignorarlo y siguió su marcha, un anhelo en el pecho por no dejar escapar a aquella morena misteriosa que le había desarmado.

Caminaba entre el gentío en el bar, los chicos y chicas disfrazados estaban bebiendo y meciendo sus cuerpos al compás de la música. El ruido era ensordecedor y la penumbra no le dejaba discernir entre aquella multitud enmascarada.

Tras buscar sin éxito a la colegiala, se riñó a sí mismo. Era un hombre de 35 años ya, no era la primera vez que tenía un encuentro casual, entonces ¿por qué tenía tantas ganas de encontrarla?

Sé dirigió hasta la barra y bebió un chupito, el calor del licor escaldando su garganta.

Otras chicas con disfraces provocadores se le acercaban, pero no estaba interesado, algo en su voz y en sus ojos lo tenía hechizado y estaba frustrado al no saber porqué. Finalmente se dio por vencido y salió del local.

Caminaba hacia donde había aparcado su auto; giró la esquina para entrar a un callejón cuando vio a una pareja en la oscuridad, la chica estaba con la espalda contra el muro y el chico de pie frente a ella. No era nada nuevo encontrarse a jóvenes buscando callejones oscuros para intimar. Alejandro hubiera seguido de largo, pero reconoció esa minifalda, y ese liso cabello azabache. Lo que lo dejó plantado donde estaba y fuego iracundo corriendo por sus venas era que cualquiera que viera esa escena sabía que ella *no quería* que la besaran.

El hombre la tenía presionada contra la pared, un brazo contra su abdomen, aprisionando los brazos de ella entre sus cuerpos, y con la otra mano le sujetaba bruscamente la cara, volteándola por la fuerza para encararlo mientras intentaba desesperadamente de soltarse.

Alejandro se le nubló la visión y en pocas zancadas se acercó a aquel desgraciado. Lo agarró desprevenido por el hombro y lo giró hacia él, clavándole un puñetazo en el estómago. Al desdoblarse por sacarle el aire, le enganchó la quijada con otro puño furioso, dejándolo tendido en el piso.

Estaba en el suelo gimoteando, entonces Alejandro lo reconoció. El chico no llevaba puesto el antifaz, y bajo la luz del farol reconoció a Adrián García, era uno de sus alumnos, quien ya estaba repitiendo por segunda vez una de las materias que enseñaba de Ingeniería en Computación.

Por suerte, Alejandro tuvo la sensatez de reaccionar rápidamente y se subió su propia máscara que había dejado colgando alrededor de su cuello.

Volteó para ver dónde estaba ella. La morena seguía de espaldas contra el muro con la respiración acelerada, lo miraba con sorpresa muda. Ella también estaba sin su antifaz y supo instantáneamente quién era. Ella también era su alumna… Diana Castillo.

¡Mierda! ¿En qué lío se había metido?

Una cosa era impedir una agresión, pero era otra muy diferente entrarle a coñazos a un estudiante. Y otra cosa más para agregar a la lista de actos inaceptables era *follarse* a una de sus estudiantes. Si alguien se enteraba, no había lugar a dudas que perdería su empleo.

Sin embargo, éste no era el momento para analizar todas las posibles consecuencias, tenía que actuar y asegurarse que ese patán no volviera a acercarse a Diana.

Primero la miró a ella, se acercó y acarició sus hombros de manera consoladora; le preguntó con voz serena, como quien no quiere espantar a un animal asustado–. ¿Estás bien?

Ella lo contempló con ojos grandes, volvió la mirada a Adrián en el suelo y luego a él. Asintió con la cabeza–. Sí, –dijo en un hilo de voz.

Alejandro podía ver el miedo en sus ojos; y sintió otra ola de furia repotenciada al imaginar qué pudo haber pasado si él no se habría cruzado con ellos, qué le habría sucedido a ella si no la hubiera vuelto a encontrar.

En esos instantes, Adrián había recuperado el aire y estaba nuevamente de pie.

–¿Qué es lo que te pasa, cabrón? –dijo arrastrando las palabras, poniendo en evidencia su estado de embriaguez–. ¡Suelta a mi chica!

Alejandro giró, la furia había reemplazado enteramente la ternura con la que había revisado segundos atrás el estado de Diana.

Sus movimientos ágiles y rápidos tomaron otra vez al borracho desprevenido. Enterró el puño nuevamente en su estómago. Adrián exhaló lastimosamente, desdoblándose hacia su atacante, la única razón por la que no caía de rodillas al suelo era porque Alejandro lo tenía sujetado; se acercó a su oído y le susurró amenazante.

–Debes aprender a comportarte como un hombre de verdad, jovencito. Si me entero que le pones un dedo encima a Diana, o cualquier otra chica sin su consentimiento, te voy a enterrar en una tumba tan profunda que ni los perros encontrarán tu cadáver. ¿Entendido?

Adrián solo pudo gemir su asentimiento.

Alejandro lo soltó, dejándolo caer al suelo donde permaneció acurrucado, recuperando el aliento. Se dirigió hacia Diana y la tomó de la mano, llevándola con él hasta su auto.

CAPÍTULO 3

No intercambiaron palabras mientras la ayudó a montarse en el asiento de pasajero. Ella estaba aún en estado de shock, así que le abrochó el cinturón de seguridad y salieron de allí. Alejandro tomó una vía poco transitada, dejando que ella asimilara lo sucedido.

Mientras iban en el auto, Diana volteaba para mirarlo una y otra vez. No sabía qué pensar, qué sentir, qué decir.

Había besado a su profesor de computación en un bar, y luego le había rogado que se la cogiera cuando la llevó hasta el baño de hombres.

Había sido el sexo más fantástico y ardiente de su vida. No que tuviera tanta experiencia para poder comparar. Ella solo había intimado con un noviecito el último año de bachillerato y con Adrián, con quien llevaba dos meses saliendo, y en realidad no sabía por qué seguía con él. Bueno, sí. Sí sabía por qué no había terminado con él aquel horrible día tres semanas antes.

Se había sentado con él en el cafetín, era jueves por la tarde, el cielo estaba despejado con un sol radiante, y a pesar de que ya era primavera, y la temperatura había subido, Diana sentía un frío inescapable que se le metía hasta los huesos. Había sido un día que hiciera lo que hiciera no lograba sacarse el frío de adentro.

Adrián llegó con su sonrisa encantadora, que ahora le recordaba más a la sonrisa falsa de un charlatán; y su andar tan seguro de sí mismo, que ya sabía no provenía de un sentido de confianza, sino una exagerada arrogancia que ni siquiera podía justificar.

Era un chico guapísimo y encantador cuando se lo proponía... así es como la había enganchado. La hizo sentir tan especial por prestarle atención a ella e invitarla a salir. La hizo sentir como el sol de su universo, cuando en realidad solo la estaba seduciendo para no tener que hacer el trabajo para sus clases y disfrutar de su cuerpo sin realmente prestar atención al placer de ella.

–¿A qué hora es tu última clase hoy? –preguntó Adrián.

–A las nueve de la noche, –respondió Diana con tono cansado.

A pesar de que los dos tenían 22 años, Adrián cursaba un año menos que ella; era la combinación de las materias que había repetido y las materias extra que ella cargaba en su horario para poder graduarse antes.

–Pues hoy sales a las siete. Nos vamos con los chicos a La Mara a ver un partido de fútbol.

Diana alzó las cejas en asombro indignado. Este tipo realmente era de lo último, ¿cómo podía haber sido tan boba para creer que se podía enamorar de alguien así?

Estaba a punto de decirle que no iría con él, ni esta noche, ni ninguna otra noche a ningún lado porque lo de ellos se terminó cuando sonó su teléfono móvil.

–¿Aló?

–¿Señorita Diana Castillo?

–Sí, con ella habla.

–La estamos llamando del Centro Médico La Trinidad. Han traído a su tía a la sala de Urgencias.

–¡¿Qué?! ¿Pero qué ha pasado?

–Por favor venga cuanto antes al hospital y le mantendremos informada. Su condición es crítica.

Diana se había puesto pálida, escuchaba los pálpitos de su corazón retumbando en los oídos. La atacó una ola de náuseas, a duras penas controló el deseo de vomitar.

–¿Qué pasa Dianita?

–Mi tía… está en la Trinidad… la llevaron en ambulancia… –dijo recogiendo sus cosas–. T...te... tengo que irme.

–Ven, ven. Tranquila, yo te llevo.

Diana lo miró con gratitud. Ir en el auto de Adrián sería mucho más rápido que esperar el autobús y el metro que tendría que tomar para llegar hasta allá.

–Gracias.

Todo lo que sucedió después adoptó un tono surreal, era como si Diana estaba viendo lo que le ocurría a otra persona, cuando en realidad era su vida la que se estaba derrumbando ante sus ojos. Y no había nada que podía hacer para evitarlo.

Su tía Marta había fallecido. Había sufrido un ataque al corazón con solo 48 años. Los médicos le habían explicado que no lograron salvarla porque en efecto el ataque cardíaco había empezado cinco días antes.

Diana recordó que su tía se había quejado de náuseas y vómitos, pero Marta lo descartó con la explicación de que seguro había comido algo que le cayó mal, cuando la cruda realidad que estaba descubriendo era que los síntomas de paros cardíacos en mujeres podían presentarse de manera muy diferente al común reconocido de dolor agudo en el pecho y brazo izquierdo.

Los médicos le preguntaron si había sucedido algo particularmente traumático, ya que era una mujer relativamente joven y aparentemente saludable.

El lunes siguiente supo qué factor estresante había desencadenado el paro cardíaco de su tía. Después de perder al único miembro de su familia que le quedaba, ya que su tía Marta había sido su madre sustituta cuando un conductor de camión se quedó dormido al volante y el accidente vial había borrado la existencia de sus padres de la faz de la tierra cuando tenía 6 años; el abogado de Marta le informó que su tía había dejado de pagar la hipoteca de la casa en la que vivían desde que perdió su empleo, por lo que lamentablemente el banco la iba a embargar, a menos que Diana pudiera asumir los pagos.

Diana sabía que su tía era una mujer orgullosa e independiente, pero su sentido de orgullo, o quizás era el deseo de proteger a su sobrina de la realidad, la habían dejado desamparada, sola, y ahora sin un lugar donde vivir.

Diana solo le quedaba un semestre para graduarse de la universidad. La Universidad Metropolitana era una institución prestigiosa con el mejor nivel del área que quería estudiar. Ninguna persona normal podía costear las altas mensualidades, pero ella había conseguido una beca–trabajo, donde trabajaba como secretaria de la Facultad de Derecho a cambio de estudiar la carrera de Ingeniería de Computación. Su tía la había apoyado incondicionalmente, siempre asumiendo los gastos de las dos y tratando a la hija de su difunta hermana como si fuera suya. No obstante, el estrés de quedar desempleada por varios meses y esconder aquel secreto les costó todo.

La mensualidad de la hipoteca era equivalente a un sueldo mínimo, por lo que Diana, aunque encontrara trabajo y dejara la universidad, no tendría dinero ni siquiera para comer; así que inevitablemente el banco embargó su hogar, el auto de su tía y casi todo lo que había adentro. Su vida se redujo a una mochila y dos maletas, y nuevamente estuvo agradecida por el apoyo de Adrián, ya que él vivía en un pequeño piso que sus padres pagaban y la invitó a quedarse con él.

Pudiera haber encontrado otra opción, pero la realidad era que Diana heredó el orgullo intransigente, y en ocasiones insensato, de su tía; así que antes de buscar opciones con alguna compañera o hablando con alguno de los profesores, aceptó quedarse con Adrián.

Pero Adrián no era un caballero noble que quería rescatarla, para todo lo que daba, él esperaba algo a cambio. Además de la "ayuda" que solicitaba para sus trabajos académicos, que básicamente se reducían a que Diana los desarrollara por él, también quería un cuerpo caliente en el cual perderse todas las noches, algo que Diana había logrado evitar con el argumento de su duelo, luego inventando que tenía la regla, hasta esa noche en la que Adrián se le acabó la paciencia y le entregó el disfraz de colegiala sexy. La convenció a punta de argumentos que activaron su sentido de deuda con él, por lo que se lo puso con el ánimo derrotado y lo acompañó hasta la fiesta de la tal Candela Caliente.

Se había tropezado con Alejandro cuando intentaba escabullirse de la compañía de Adrián y sus amigos, quienes con cada trago se volvían más escandalosos, más altaneros, y estaba harta de que Adrián la manoseara vulgarmente frente a todos, alardeando que esta noche iba a clavarle lo suyo.

Diana quería largarse de allí, se sentía desamparada y vulnerable, estaba segura que esa noche Adrián no aceptaría ninguna excusa, y la sola idea de acostarse con él le producía asco. Así que cuando chocó contra la muralla de músculo de aquel desconocido en el bar, a pesar de haber derramado su vaso de cerveza sobre su camisa, su reacción fue la de saber si ella se encontraba bien. Tuvo un pensamiento fugaz de preguntarse qué sucedería si lo besaba, y a diferencia de la mayoría de las veces que ese tipo de pensamientos surgen, dio el paso de manifestarlo en la realidad. No anticipó la respuesta de su cuerpo cuando él le devolvió el beso. Quería desaparecer de ese bar, alejarse de la obligación que tenía con Adrián, y sin darse cuenta se dejó llevar por el abrazo poderoso y sensual de un extraño que despertó en ella un chispazo de atracción inmediata.

Había sido la experiencia sexual más intensa y apasionante de su vida, un momento de delicia exquisita que la liberó, aunque sea un rato, de su pesada realidad.

Cuando se fue del baño sin siquiera decirle su nombre, tenía ganas de quedarse con él, una ridícula fantasía de princesa en la que él la rescataría de todo lo malo que era su presente; pero Diana sabía que lo más probable es que decirle su nombre y confesar su verdad haría que él desapareciera entre la multitud en un parpadeo, así que ella eligió desaparecer primero y atesorar esa experiencia como un recuerdo del encuentro más excitante que había vivido.

No anticipó que su prolongada ausencia activara la ira territorial y machista que Adrián sentía sobre ella.

Cuando la encontró en la entrada al bar, la agarró bruscamente por la muñeca y le dijo arrastrando las palabras–. Nos vamos a casa, ya quiero lo que es mío.

Más de una vez estaba a punto de caer, tropezado con sus tacones mientras Adrián la llevaba hasta su auto. En su estado de embriaguez, olvidó donde lo había estacionado, y farfulló maldiciones al verse en un callejón donde creía haber aparcado y notar que el auto no estaba allí.

Su paciencia extinguida, en su mente borracha creyó que allí sería momento oportuno y suficiente para que Diana le hiciera algo que en todo el tiempo que tenían como novios nunca antes había hecho.

–Éste es un sitio perfecto para que te pongas de rodillas y me des las gracias por todo lo que he hecho por ti.

–¿Pero qué te pasa imbécil? ¿Cómo crees que me voy a arrodillar?

–Sabes que me lo debes Dianita, por todo lo que he hecho por ti.

–Y tú me debes un mínimo de respeto. Se supone que eres mi novio, que me quieres, que te importo. ¡Tú no quieres una novia, tú lo que quieres es una esclava!

–Una buena novia hace lo que su hombre le dice, –dijo Adrián, acercándose a Diana hasta tenerla con la espalda contra la pared–. Dame un beso primero, y luego quiero que me lo chupes aquí mismo, como una novia buena y agradecida.

Aún en su estado ebrio, Adrián era más fuerte que ella. Su mano la agarraba duramente por la quijada y sintió náuseas cuando la forzó a besarlo, un aliento fétido de alcohol que asaltó sus sentidos.

No tenía forma de usar sus brazos o piernas contra él por la manera que la apresaba contra la pared, estaba pensando desesperada cómo podría escapar, y cuando estaba segura de que todo iba de mal en peor, llegó él, el hombre del bar, y la defendió.

CAPÍTULO 4

Ahora estaba sentada en su auto, y resultó ser que su caballero enmascarado no era otro sino el Profesor Herrera, no solo uno de sus profesores de la universidad, su profesor favorito. El conocimiento que tenía sobre el funcionamiento de interfaces y algoritmos la derretían, además de su manera de ser, de enseñar, era obvio que más de la mitad de las alumnas, y las profesoras, estaban encantadas con él.

Después de conducir 15 minutos sin rumbo fijo, Diana encontró su voz.

–Gracias.

–Es lo que cualquier persona decente habría hecho, Diana. Hombres como él son una mierda, y no merecen menos de lo que le di. Créeme que me hubiera gustado hacerle más daño, pero…

–No, ni hablar. Aunque actuaste en mi defensa, a ti te podría demandar por asalto agravado, y aunque ganaras el caso, te despedirían de la universidad.

Alejandro alzó la ceja impresionado y la miró de reojo.

–¿También estudias leyes? Creí que tu carrera era conmigo en tecnología.

Diana sonrió halagada–. No, pero después de ser secretaria durante tantos semestres en la Facultad de Derecho es imposible no aprender algunas cosas.

–Cierto, tú eres becaria, y la alumna más brillante de mi clase.

Ese cumplido provocó el familiar aleteo de mariposas en su interior, halagada por la atención de su profesor favorito de la facultad, con quien casualmente había tenido el mejor sexo de su vida. Ante ese recuerdo, su rubor se intensificó. Los pensamientos de Alejandro iban por la misma sintonía, pero donde el recuerdo de sentir su cuerpo suave y femenino apretado contra el suyo en aquel baño, el calor húmedo entre sus piernas abrazando su hombría, el sabor dulce de esa memoria se volvió amarga al darse cuenta que una relación entre ellos no podría suceder. Él era su profesor, y tener relaciones con el alumnado era mal visto y sancionado.

Él perdería su empleo, pero su vida seguiría; ese trabajo no era la fuente principal de sus ingresos, lo hacía porque lo disfrutaba. El salario de un profesor no daba para la vida que él disfrutaba, pero el trabajo le producía enorme satisfacción. El mayor problema sería para ella. Si fuese una alumna normal, no habría mayores consecuencias, una amonestación, una reprimenda… pero al ser becaria, la sancionarían con eliminar su beca; y estaba seguro que ella no podía costearse aquella universidad, y el culpable de arruinar lo que ella había trabajado tanto para lograr sería él. Debía mantenerse a raya, controlar el deseo implacable que le producía y velar por su bienestar.

–¿Quieres que te lleve a casa?

La pregunta tuvo el mismo efecto como si la hubiesen envuelto en un alambre de espinas. Ante el silencio incómodo de Diana, Alejandro intuyó parte de la situación.

–Ese chico, Adrián, es tu novio ¿verdad? –Diana asintió como respuesta–. Y vives con él. –Lo último dicho como un hecho, no una pregunta.

Encaminó su auto y apretó el volante, llevarla a la casa de ese imbécil estaba totalmente fuera de discusión, así que la llevaría a su casa por ahora, y encontraría la manera de resistir la tentación al tenerla tan cerca.

–Esta noche vienes conmigo, no te dejaré cerca de ese tipo.

–No, no quiero ser una carga.

–No eres una carga Diana, ¡por favor! No podría dormir tranquilo si te dejo a diez metros de donde esté él.

Ese gesto tan caballeroso, su genuina preocupación por su bienestar la conmovió profundamente, por lo que solo pudo sonreírle a modo de agradecimiento.

CAPÍTULO 5

Cuando llegaron a la urbanización donde vivía Alejandro, Diana no daba crédito a lo que veía. Estaban a menos de cinco kilómetros de la universidad, pero la urbanización era conocida por ser habitada por personas afluentes, y la arquitectura de cada casa, más grandiosa que la anterior, lo evidenciaba. Cuando aparcaron en el garaje de Alejandro, Diana no dejaba de contemplar todo con admiración. ¿Quizás los cuentos de hadas si existían? Se pellizcó para asegurarse de que no estaba soñando.

Una vez adentro de su hogar, Alejandro la guió escaleras arriba hacia una habitación con una cama matrimonial y un baño privado que ostentaba una ducha encerrada en vidrio cristalino. La calidad y el lujo de todo lo que la rodeaba no le pasó por alto; se sintió momentáneamente avergonzada que ella ni siquiera tenía una habitación propia y estaba a merced de los demás.

Alejandro notó su incomodidad, pero creyó que se debía a que ella se sentiría obligada a pagarle su estadía como él suponía había sido el caso con Adrián, y de ninguna manera, jamás se aprovecharía de alguien así, menos con ella, aunque lo que más quería era probar los besos de sus labios otra vez y escucharla gemir bajo él.

–Ésta es la habitación de huéspedes, Diana.

Ella giró para mirarlo, sus ojos azules contemplándolo con curiosidad.

–Si necesitas cualquier cosa mi habitación está al final del pasillo –aclaró, inquieto por la tensión que estaba cargando el ambiente entre los dos–. Aquí estarás a salvo, Diana. Nadie te hará daño, puedes dormir tranquila.

Diana sintió un nudo en la garganta, sus miradas cargadas de tanto que ninguno de los dos lograba expresar.

–No tengo cómo agradecértelo, –susurró. Y sin pensarlo se acercó a él y buscó su boca con la suya, besándolo de manera espontánea y necesitada, como lo había hecho unas horas atrás, antes de saber quién era.

La fusión de sus labios provocó una reacción incendiaria; Diana sintió como se tensó por un momento, pero luego gimió bruscamente, como un gruñido feral y posesivo a la vez que abrazó su cintura. Ella sentía su corazón bombeando en su pecho con tanta fuerza que estaba segura que él lo podría sentir retumbando contra el suyo, estaba estremecida al sentir sus cuerpos tan cerca mientras la besaba como nadie nunca antes la había besado.

Y entonces, de manera tan súbita como había iniciado, se paralizó. Alejandro frunció el ceño y dio un paso atrás, manteniéndola a un brazo de distancia. Sus ojos centelleaban como el fuego pero negó lentamente con la cabeza.

–No. –Dijo apretando la mandíbula.

Diana se encogió lastimada por su nueva reacción–. Disculpa, no… no quise…

–No podemos, Diana. ¡Joder! Nunca debió haber sucedido.

Ella agachó la cabeza avergonzada–. Lo siento profe. –Diana se mordió el labio apenas lo dijo; se dio una cachetada mental, fue algo inconsciente, la costumbre de llamarlo así, y se le escapó. Si solamente la hubiera rescatado de Adrián, no habría problema, pero llamarlo así reforzaba los roles que tenían, él era su profesor, ella era su alumna, y lo que habían hecho antes no debió ocurrir, a pesar de que no había más nada en el universo que ella quería que sucediera otra vez. Aunque sabía que no debía, ansiaba estar junto a él, sentir el calor de su cuerpo, tocarlo, besarlo, volver a sentirlo adentro de ella.

–Disculpa. Quiero que sepas que no le diré nada a nadie. –Dijo desesperada para enmendarlo, pero su desliz verbal terminó de clavar el clavo en el ataúd.

–No Diana, quien te debe una disculpa soy yo. Yo soy tu profesor, es mi responsabilidad actuar con mayor propiedad. Me aproveché de la situación y no preví la posibilidad de que podías ser una de mis alumnas, el culpable aquí soy yo.

–Lo… lo siento. –Dijo con la vista clavada en el suelo, la ola de humillación que la embargaba la tenían deseando que la tragara la tierra.

–Ha sido una larga noche. Es mejor que descansemos y mañana con la cabeza clara pensaremos en qué hacer. –Acariciaba su hombro en gesto consolador y apretó su brazo logrando que volviera a mirarlo a la cara. Su semblante revelaba que estaba consternado, exhaló lentamente y le dijo–. Buenas noches, Diana. Descansa.

Salió de la habitación y la dejó allí clavada en el sitio en aquel hermoso dormitorio, su corazón a mil, sus labios anhelando otro beso, sintiendo un fuego ardiendo en su interior como si el sol habitara dentro de ella.

CAPÍTULO 6

El espejo del baño refleja una imagen borrosa gracias al vapor que permea la estancia. Con el ánimo por el piso y el deseo a flor de piel, Diana se desviste, dejando cada prenda de ropa caer a sus pies antes de meterse bajo la cascada de agua caliente. La ducha le alivia un poco la tensión del cuerpo, aunque no en su mente. El recuerdo de su encuentro con su profesor antes de conocer su identidad no dejaba de destellar una y otra vez en su mente. Su cuerpo reaccionaba involuntariamente al evocar como sus manos apretaban sus nalgas debajo de la falda, sus pezones se irguieron como diamantes anhelando nuevamente su boca voraz succionando sus picos. Su clítoris palpita, reclamando atención y Diana se sienta en el piso de la ducha, abre las piernas, separa sus pliegos húmedos con los dedos, deslizándolos de arriba abajo, esparciendo el jugo de su deseo, lubricando su clítoris hinchado que late con urgencia, motivando a su mano a moverse más rápido, frotar aquella perla con un ritmo acelerado mientras la cascada de agua caliente cae sobre ella. Las imágenes de como Alejandro la embestía una y otra vez contra la puerta del baño se atropellaban en su mente, el clímax creciendo en su interior. Poco antes de estallar, entierra dos dedos en su raja hambrienta, penetrando su entrada, sus músculos internos abrazando la embestida que ella misma se provoca a pesar de que lo que realmente anhela es sentir la verga hinchada de su profesor.

El calor estriado de su canal ansioso succiona sus dedos mientras los mete y saca una y otra vez, esparciendo su crema, impregnando el baño con la ineludible fragancia de su excitación en una nube de vapor. Con la otra mano vuelve a prestarle atención a su clítoris, apenas hace contacto con la yema de sus dedos, presionando, frotando sin clemencia, aquel pequeño nudo de carne hipersensible desata una explosión de éxtasis que arranca gemidos ahogados de su garganta donde llama el nombre de Alejandro.

A pesar del orgasmo, no se siente satisfecha, se apoya de la pared y cierra los ojos, ignorando el hecho que Alejandro acababa de espiarla en el acto de tocarse.

Había regresado a la habitación de huéspedes para prestarle algo de su ropa a Diana, suponiendo que le resultaría incómodo dormir en aquel atuendo que no hacía más que acelerar su ritmo cardíaco cada vez que la miraba. Dejó la camiseta y el mono sobre la cama, sin duda le quedarían grande, pero estaría más cómoda. La sola idea de que ella vistiera solo su camiseta, imaginarla así sin ropa interior ya lo tenía como una piedra.

Oía el sonido de la ducha, su único propósito era dejar la muda de ropa sobre el colchón y volver a su dormitorio, pero entonces oyó algo más y sus ganas pudieron más que su sentido común.

Abrió la puerta suavemente, al aire cálido chocando contra su rostro, su visión nublada por el vapor hasta que pudo divisar su figura femenina y curvilínea a través del cristal. Estaba sentada en el piso de la ducha, jadeando con la mano entre las piernas; su verga se prensó al contemplarla, ver como enterraba dos dedos en su sexo, sus senos meciéndose bajo el vaivén de su respiración agitada.

Cuando escuchó el gemido estrangulado que articuló su nombre, contemplando las sacudidas orgásmicas de su cuerpo, se obligó a dar un paso hacia atrás y cerrar la puerta. Sujetaba la manilla con tanta fuerza que sus nudillos se pusieron blancos.

El hombre en él quería entrar allí, olvidarse de lo que era correcto, lanzar el deber ser por la borda y ahogarse en ella. Quería hacerla suyo uno y otra y otra vez. Tragarse sus gritos de éxtasis mientras sentía como se corría sobre su verga, que su humedad se chorreara hasta bañarlo por completo en su crema femenina.

Refugiado en su habitación, aún así no podía escapar de la imagen de Diana masturbándose y gimiendo su nombre, aquello estaría por siempre tatuado en su memoria.

Alejandro sacó su miembro hinchado del pantalón, rodeando su grosor y sobando el tronco. Gimió a través de dientes cerrados por la sola idea que Diana estaba al final del pasillo. Empuñó su sexo, el líquido preseminal brotando de su abertura, lubricando su glande cada vez que su mano subía para apretar su corona, la piel estirada por la intensa erección. Sus movimientos se aceleraban y sus bolas se prensaron en su base. Imaginó a Diana sentada sobre él, sus tetas bamboleando perversamente mientras lo cabalgaba, recordó el sonido necesitado de su voz cuando le rogó “¡Métemelo todo!”. Cinta tras cinta de semen salió disparado de su corona, aterrizando sobre el suelo oscuro y sobre su mano. Se apoyó de la pared, jadeante, eléctrico, y aún con ganas de ella.

CAPÍTULO 7

Diana despertó desorientada, se frotó los ojos mirando a su alrededor, luego todo lo acontecido anoche regresó como una avalancha en su memoria.

Sintió la punzada amarga de vergüenza al recordar cómo Alejandro, su profesor, la había rechazado anoche. Al salir del baño había encontrado la ropa que le había dejado sobre la cama. Durmió envuelta en su camiseta que le cubría casi más que la minifalda, con ganas de haber pasado la noche arropada entre sus brazos.

Necesitaba salir de allí.

Estaba entre la espada y la pared, no quería volver al apartamento de Adrián, pero tampoco quería permanecer en la casa de Alejandro. Inhaló una vez más el aroma masculino que impregnaba la camiseta antes de contemplar su disfraz tirado en el suelo; con un suspiro se resignó a ponerse la única ropa que tenía.

Bajó las escaleras, todo parecía tranquilo, pensaba escabullirse sin despedidas, ya había soportado suficiente humillación. Caminó lo más suave que pudo para que sus tacones no repicaran sobre el piso, su mano se extendía para abrir la puerta principal cuando su corazón dio un brinco asustado al escuchar la voz de una mujer a sus espaldas.

–¿Diana?

Miró por encima de su hombro, lista para salir corriendo ante la idea de encontrarse con una novia iracunda que Alejandro no había mencionado.

–Me llamo Sonya, soy la novia de Axel, el socio de Alejandro.

Diana exhaló aliviada de que la mujer no era quien temía.

–Alejandro y Axel salieron a resolver una situación en la oficina, no llegarán hasta la tarde. La cocina es por aquí, guapa. Ven, preparé café. –Le dijo con una sonrisa cálida.

Diana miró a la puerta y decidió seguir a esta mujer amable, de figura torneada y atlética, con la cabellera más impresionante que había visto. El cabello de Sonya caía hasta su cintura, una melena abundante que le recordó al danzar de las llamas en una hoguera.

Sonya estaba al otro lado de la gran encimera con tope de granito en la espaciosa cocina.

–¿Cómo te gusta el café?

–Negro, con azúcar.

Sonya sonrió y alzó una ceja divertida, le acercó una taza con el oscuro líquido humeante y el terrón de azúcar.

Diana se sentó sobre el alto taburete e inhaló su aromática fragancia antes de beber un sorbo.

Sintió los ojos verdes de Sonya contemplarla, entonces recordó lo que llevaba puesto y extrañó su ropa cotidiana que consistían de blue jeans y sus camisetas retro.

–Era una fiesta de disfraces, –murmuró incómoda señalando su atuendo.

Con una sonrisa animada Sonya exclamó–. ¡A mí me encantan las fiestas de disfraces! Y déjame decirte que ese te queda de lujo.

Diana se sonrojó, agradecida por la amabilidad de esta chica con cabello de fuego. No la miraba con malicia ni altivez, parecía genuinamente inclinada en hacerla sentirse cómoda.

–Gracias –dijo finalmente devolviéndole una sonrisa–. Lo cierto es que yo nunca hubiera elegido esto por mi propia cuenta, la compró mi…

–El mal parido que Alejandro reventó anoche, –su expresión súbitamente severa.

–Es complicado.

–Créeme que entiendo mejor que otras personas lo

complicado que resulta cuando alguien actúa como si eres su propiedad y no un ser humano, –dijo Sonya con tono hostil.

Diana se removió incómoda en su asiento; alzó la mirada avergonzada de su regazo cuando Sonya posó su mano sobre la suya, dándole un reconfortante apretón.

–No eres la primera ni serás la última, pero es tú decisión hacer todo lo posible para evitar que vuelva a suceder.

–No tengo adonde ir, –soltó abruptamente.

–Estoy segura que Alejandro querrá que te quedes aquí.

–No. No puedo quedarme aquí con él. Es mi profesor en la universidad… Y… Y me dejó bastante claro anoche que podría perder su empleo y yo mi beca si me quedo aquí.

Sonya frunció el ceño al escuchar su respuesta, pero rápidamente cambió el semblante y dijo –Pues entonces te quedas en mi casa.

–No… no podría…

–Claro que sí. Y no aceptaré ninguna respuesta sino un sí.

–Pero ni siquiera me conoces.

–Conozco tu situación, mejor de lo que imaginas. No puedo dejar que te quedes con alguien abusivo si puedo hacer algo al respecto. Es un poco alejado de la ciudad, pero es un fin de semana largo, así que tienes unos días libre de clases y yo de trabajo. Tendremos unas vacaciones relajadas… las soluciones siempre se presentan cuando no te estás obsesionando con el problema

Diana se quedó pensativa, sin duda parecía una mejor opción aceptar la generosa invitación de esta chica que no conocía que volver al apartamento de Adrián. Su comportamiento de la noche anterior se debía a lo bebido que estaba, solía portarse como un malcriado cuando no obtenía lo que quería, pero no creía que intentaría hacerle daño estando sobrio.

Finalmente dijo con voz pequeña–, pero necesitaría buscar mis cosas…

–Pues vamos cuando quieras, los chicos se llevaron el auto de Alejandro.

CAPÍTULO 8

Diana no podía creer lo que estaba sucediendo, su vida se había vuelto tan impredecible las últimas semanas que le dejaba una sensación de estar a la deriva, pero por primera vez sentía un pequeño rayo de esperanza asomarse.

Se sentía tan a gusto con ella, iban conversando animadamente mientras Sonya conducía un todoterreno negro de último modelo. Al preguntarle qué hacía, Sonya respondió–. Soy instructora de yoga y diseño una línea de ropa. Lo que llevas puesto es uno de mis diseños.

–En serio? –preguntó Diana mirando el atuendo deportivo y sexy que le había prestado Sonya.

–Y tú por ahora trabajas en la universidad, eres secretaria en la Facultad de Derecho, pero estudias Ingeniería de Computación, ¿cierto? –"¿Pero cuándo y qué tanto le había contado Alejandro sobre ella a sus amigos?" se preguntó Diana mientras Sonya seguía hablando–. Seguro que puedes conseguir empleo en lo que quieras, poco a poco he ido aprendiendo a hacer cosas con mi móvil, pero juro que hay días en los que siento que el bendito aparato es más inteligente que yo, ¿sabes? ¡Ah! y nunca se me va a olvidar, una vez Alejandro tenía un problema con uno de los servidores en la empresa y no lograba entender qué pasaba. Llegó al momento que estaba tan desesperado que mandó el código o algoritmo, en fin, como se llame, como tarea, ¡y fue una de sus alumnas la que lo descifró!

–La transferencia en la estructura de datos se había corrompido por la implementación de un archivo malicioso que estaba alimentando su código al ordenador central del sistema.

Sonya la miró boquiabierta, muda por unos segundos hasta que exclamó victoriosa–. ¡Lo sabía! Tú eras la alumna que había encontrado el fallo. No tienes idea cuánto te alababa Alejandro cuando volvió con ese problemón resuelto. Le salvaste una enorme cantidad de dinero, ¿sabías?

Diana se ruborizó complacida y apenada–. Solo había que hacer una revisión metódica.

–¡Ja! No seas tan modesta, si hubiera sido tan simple, cualquiera de tus compañeros, o hasta el mismo Alejandro, que es un cerebro con patas, lo hubiera resuelto.

Eso había sucedido el semestre pasado que había dado una asignación de extra crédito. Imposible olvidar sus nervios cuando estuvo de pie frente a su escritorio, los dos solos al terminar la clase. La había mirado con asombro y admiración, la hizo sentir importante. Quedó estupefacta cuando le preguntó– ¿Qué es lo más te gustaría tener en este momento?

Su mente sucia conjuró un millón de escenas en donde estaba con su profesor en situaciones íntimas. Aún no había conocido a Adrián, su tía aún estaba viva, su vida seguía su curso normal, nada terrible había sucedido recientemente. Sabía que su profesor solo estaba impresionado con la calidad de su trabajo, y el recoveco pícaro de su cerebro susurró– Cinema 4D.

–¿Disculpa?

–¿Ah? No, nada, olvídelo.

–Por favor, dime, de *Tekki* a *Tekki.*

¡Dios! ¿Este hombre la consideraba una igual en el campo de tecnología? Por dentro estaba bailando La Macarena de la emoción.

–Pues, me gusta mucho el campo de animación. Me va bien con unos cuantos programas gratuitos que hay por allí, pero me encantaría tener el software de Cinema 4D, es brutal, pero es súper costoso. Supongo que su pregunta se enfocaba más hacia qué quería en la clase, debido a la asignación especial de extra crédito, ¿no?

–Aquí entre nosotros dos, Diana; aquella asignación especial que tú lograste resolver me salvó el pescuezo en referencia a un proyecto para un tercero. Así que, naturalmente, tienes la calificación más alta para clase este semestre, pero eso no es nada especial, porque tú consigues eso por ti sola. Así que me gustaría premiarte por tu valiosa ayuda… y discreción. –Le guiñó el ojo y al día siguiente Diana tenía un mensaje de correo del Profesor Herrera, con el enlace de descarga del software todo pago.

Lo primero que hizo fue desarrollar dos personajes que eran casi idénticos en apariencia a ella y al Profesor Herrera. Lo modeló con las herramientas del programa, extática con la precisión para crear su doble animado, usando su imaginación para dibujar las líneas de sus músculos, sus pectorales, su abdomen, su entrepierna.

Se había masturbado como una perversa viendo las cortas animaciones que había hecho de los dos.

–Alooooooo. Planeta Tierra llamando a Diana.

Diana enfocó la vista sobre Sonya, sus ojos revelando que estaba pensando en algo muy íntimo… y obsceno, porque Sonya le sonrió con picardía al preguntar–. ¿Por dónde estabas? o mejor dicho ¿con quién?

Diana se ahorró la vergüenza de responder cuando el navegador anunció que ya habían llegado al edificio donde hasta ese momento había vivido las últimas tres semanas con Adrián.

CAPÍTULO 9

Otra ola de agradecimiento hacia la pelirroja la inundó al bajarse de la camioneta vistiendo unos yoga pants con estampado de jaguar. Era una opción de ropa mil veces mejor que la faldita colegiala, ya que para subirse al asiento hubiera sido imposible lograrlo sin revelarse completamente. La camiseta deportiva era más cómoda que la blusa blanca de colegiala sexy, aunque también mostraba la misma cantidad de piel, acentuando su generoso escote y enseñando su abdomen.

Al pararse frente al edificio, parecían un par de chicas llegando del gimnasio un viernes por la mañana.

Diana sacó las llaves de su bolso, los nervios se apoderaron de ella al recordar lo bruto y salvaje que se había portado Adrián ayer. Sin poder evitarlo sus manos comenzaron a temblar, impidiendo que metiera la llave en el cerrojo de la puerta de entrada.

Las manos suaves de Sonya tomaron las suyas, la giró para que estuviera de frente a ella. Buscó los ojos azules de Diana con los suyos.

–Todo estará bien. No podrá hacerte daño.

–Tienes razón, –dijo Diana con voz trémula–. Él no es tan malo, solo que ayer se emborrachó demasiado y desde que vivo con él no hemos… ¿sabes?

Sonya la miró con curiosidad, generalmente cuando una pareja empezaba a vivir juntos estrenaban todas las habitaciones y superficies con maratones de sexo desenfrenado. Pero se guardó sus preguntas, ya habría tiempo para conversar.

–Necesitas calmarte. –La voz de Sonya era serena y reaseguradora–. Vamos a respirar.

Con las manos en las suyas apoyó una sobre su abdomen y la otra sobre su pecho. Un estremecimiento recorrió la columna de Diana mientras inhalaba y exhalaba por la nariz, buscando expandir su diafragma como le indicaba Sonya. Cuando terminaron la serie de 10 respiraciones se sintió más tranquila. Ideal sería que Adrián siguiera dormido pasando la resaca, y en el peor de los casos se enfadaría con ella y la insultaría un poco, ¿no?

Introdujo la llave en el cerrojo, sus manos menos temblorosas que antes.

Diana abrió la puerta del apartamento lo más silenciosa posible. Adrián estaba dormido en ropa interior sobre el mueble con la televisión aún encendida. Se dirigió rápidamente a la habitación y recogió sus pertenencias mientras Sonya vigilaba al hombre durmiendo.

En 15 minutos estaban casi listas. Adrián seguía roncando profundamente, Sonya se encargó de llevar las dos maletas al auto mientras Diana terminaba de asegurarse que no había olvidado nada importante en aquel lugar.

Había dejado su mochila lista al lado de la puerta cuando recordó que no había cogido su perfume. Era el único perfume que tenía, pero se lo había regalado su tía; siempre usaba el mismo, era la fragancia que había usado ella y su madre.

Estaba guardando el frasco en la mochila cuando todos los vellos de su cuerpo se erizaron.

–¿Ya hiciste café? –preguntó la voz recién despertada de Adrián.

Diana lo miraba, nauseabunda por el desprecio que le generaba, muda por la indignación avergonzada que sentía.

–No, Adrián. No he hecho café. Me voy. Gracias por todo lo bueno, pero desde el fondo de mi corazón... Vete a la mierda por todo lo malo.

–¿Malo? ¡¿Malo?! Deberías tratarme como a un maldito santo por todo lo que he hecho por ti. ¡Si no fuera por mí estarías viviendo debajo de un puente! –vociferó poniéndose de pie iracundo.

Diana sintió su espalda erguirse como si hubiera centelleado un relámpago en su interior. Ciertamente Adrián la había ayudado en un momento particularmente difícil, pero no había nacido de una intención noble y compasiva; era alguien abusivo y petulante cuando no obtenía lo que quería, y se creía dueño de ella al darle techo y comida cuando se encontró desamparada.

Se volteó y lo encaró furiosa.

–Tú no me ayudaste por tu corazón rebosante de nobleza Adrián, tu te aprovechaste de una situación catastrófica para mí, una situación que me dejó completamente vulnerable. Si realmente me quisieras, no me trataras como lo haces. Tú no quieres una novia, tú quieres una esclava. Y no pienso quedarme ni un minuto más contigo. Sobre todo después de lo salvaje que fuiste anoche. ¡¡Cosificándome como si fuera tu derecho!!

–¡Eres *mí* novia! Y te di tu espacio por tres semanas. ¡Tres semanas! Pero eres una egoísta, solo piensas en ti.

–O sea… si te hubiera dicho que ya no quería ser tu novia ¿me hubieses echado de tu casa? ¿Eso es lo que dices? ¿Tengo que acostarme contigo por obligación? Pues olvídalo, me voy a un sitio donde no tengo que pagar mi estadía con mi cuerpo, a menos que yo quiera. –Lo último lo dijo como si veneno goteara de su lengua, pensando en cuánto hubiera querido pasar la noche entera haciendo el amor con Alejandro.

Algo en sus ojos debió delatar sus pensamientos porque el enfado de Adrián escaló súbitamente.

–¿Te acostaste con él? ¿Te follaste el tipo que me entró

a coñazos anoche Diana?

–¡Sí! ¿y a ti qué te importa?

La vena en la frente de Adrián pulsaba visiblemente por su ira.

–¿Así me pagas todo lo que he hecho por ti? ¡Maldita ingrata!

Antes de que Diana pueda reaccionar, Adrián se abalanza sobre ella, rodeando su cuello con las manos. La empuja contra la pared y empieza a gritar –¡Maldita puta! ¡Eres una maldita puta! Una y otra vez la golpea contra la pared, huele a cerveza rancia, sus labios en una mueca furiosa que revela sus dientes, su mirada es trastornada. Diana se desespera por recuperar el aire, necesita respirar, los bordes de su visión se están desenfocando y entonces hizo lo que no pudo hacer anoche, alzó la pierna con fuerza, dándole un rodillazo en las bolas.

Adrián emite un chillido y la suelta para acunar su entrepierna. Diana cae de rodillas, con una mano en el cuello, tosiendo, su garganta ardiendo, traga aire a bocanadas para llenar sus pulmones de oxígeno mientras apoya la otra sobre el piso para mantener el equilibrio y no caer a un lado. Con ojos llorosos gatea hacia la puerta del apartamento, pero Adrián ya se ha recuperado y se abalanza nuevamente sobre ella. La arrastra por el suelo, volteándola para arrodillarse encima de su cuerpo y empieza a jalar violentamente la camiseta que lleva puesta. Cuando lucha contra él, conecta el puño cerrado sobre su rostro, desorientándola por unos momentos mientras un intenso dolor irradia desde un lado de su cara.

El grito feral que salió de la boca de Sonya lo distrajo, miró desconcertado como una mujer pelirroja entró a su apartamento un segundo antes de sentir la patada que apuntó a sus costillas. Se encorvó sobre su costado y Sonya aprovechó la posición de jarra de su brazo para engancharlo con el suyo y hacer palanca con la otra mano, usando el peso y el ángulo de su cuerpo para quitarlo encima de Diana. Su técnica logró que Adrián cayera de espaldas sobre el piso, Sonya rodeó sus pies hasta estar parada cerca de su cara, no dudó por un momento y pateó su rostro con la fuerza y puntería cierta que le hizo perder el conocimiento por unos valiosos segundos, su figura ahora inerte y tendida en la sala.

Sonya no perdió el tiempo en ayudar a Diana a levantarse. La pelirroja cogió la mochila y metió el hombro bajo su brazo para ayudarla a salir de allí antes de que Adrián pudiera levantarse.

CAPÍTULO 10

Sonya conducía el todoterreno como si Adrián las estuviera persiguiendo. Diana la miró, sorprendida que una mujer de su estatura pudo derribar a la figura imponente y claramente más fuerte que la suya.

–¿Cómo hiciste eso? –preguntó Diana con voz áspera.

–Axel me enseñó, –contestó Sonya reduciendo la velocidad, conduciendo con más calma ya que habían salido de la autopista.

–Pues es un buen truco. No sé qué hubiera sido de mí si no me hubieras acompañado, –musitó Diana mirando por la ventana.

–No debí dejarte, –dijo Sonya con el ceño fruncido.

–No es tu culpa. Jamás imaginé que Adrián fuera capaz de eso.

–Sí, pero yo sí sé de primera mano lo que personas en quienes deberías poder confiar son capaces. Y me confié, me confié que estaba dormido y tardé demasiado porque estaba discutiendo con un policía que quería ponerme una multa por aparcar donde no debía. Es mi culpa que él haya tenido la oportunidad de hacerte daño.

–Pues… le dije unas cosas que quizás hayan alimentado

su rabia.

–Eso no es una excusa válida. ¿Tú me golpearías y lanzarías al suelo si empiezo a insultarte?

Diana lo consideró, asintió dándole la razón. Ella jamás agrediría a alguien con ese nivel de violencia, sin importar lo que le dijera.

–No. Pero si empiezas a insultarme creo me pondré a llorar.

Sonya la miró, una sonrisa tierna cambiando su expresión, y Diana continuó, su voz quebrándose de impotencia–. Y si tú me insultas, de verdad que terminaré viviendo bajo un puente. –Sobrecargada por tanto que había sucedido en tan poco tiempo, Diana se tapó la cara con las manos y sollozó.

Sonya se aparcó cerca de un parque solitario, estaban a pocas cuadras de la casa de Alejandro. Se giró hacia Diana y la envolvió en un abrazo; acariciaba su cabello oscuro sin decir nada, simplemente dejándola llorar, una silenciosa acompañante dispuesta a consolarla y dejarla liberar toda la angustia y los miedos que se habían acumulado en su interior.

Diana se desahogó así durante varios minutos, sus sollozos eran desgarradores, fracturando su respiración, pero a medida que soltaba todo el dolor, miedo e impotencia que se había acumulado en estas últimas semanas, poco a poco las lágrimas dejaron de caer, su respiración volvió a la normalidad. Cuando se soltó del abrazo de Sonya, se dio cuenta que la había estado aferrando con una fuerza desesperada. Ya más tranquila se sintió avergonzada por su estallido emocional, pero antes de que pudiera farfullar alguna disculpa o excusa, Sonya le acarició el rostro y limpió la humedad de sus mejillas–. No te daremos la espalda Diana, te juro que no permitiré que vivas bajo un puente. Y te juro que encontraremos una solución.

Diana cubrió la mano de Sonya sobre su rostro con la suya, apretándola con cariño.

–Gracias Sofi… sé que acabamos de conocernos, pero me has dado más apoyo y cariño que cualquier otra persona desde que mi tía murió.

Y allí, las dos chicas sentadas en el auto, Diana procedió a relatarle la pesadilla en la que se había convertido su vida desde la muerte de su tía Marta.

Al terminar de relatar su historia, Sonya sentía el corazón arrugado en el pecho que esta chica joven, tan dulce, inteligente y vibrante había tenido que sufrir tanto. Resonó en su interior cuando pensó en su pasado, y que de no haber sido con la ayuda de alguien que nunca había anticipado, no sabría en qué hubiera parado su destino. Determinada a no dejar que las malas circunstancias y el egoísmo de otras personas cobraran a otra víctima, le prometió una vez más a su nueva amiga que todo saldría bien.

CAPÍTULO 11

–¿Qué hacemos aquí? –preguntó Diana nerviosa al ver que estaban llegando a la casa de Alejandro. No quería verlo, se sentía humillada por la manera que la había rechazado la noche anterior.

–Solo necesito recoger algunas cosas y nos vamos a mi casa, –dijo Sonya con tono tranquilizador–. Puedes esperarme aquí, no tienes que verlo si no quieres.

Diana asintió, cruzando los brazos sobre el pecho abrazándose a sí misma.

Sonya ya estaba subiendo las escaleras hacia la entrada principal de la casa cuando Alejandro abrió la puerta, una combinación de ira y mortificación dibujando su semblante.

–¿Dónde está Diana? ¿Qué pasó?

Sonya apoyó las manos sobre su pecho para detener su avance hacia el garaje donde Diana esperaba en el auto.

–Su ex novio no le gustó la idea de que se iba, Ale, –dijo Sonya con voz suave–. Se puso violento.

–¡¿Qué?! –rugió Alejandro–. ¡Lo voy a matar! ¡Voy a matar a ese hijueputa! ¿Dónde está Diana?

–Está en mi auto.

Alejandro trató de zafarse del obstáculo que resultaba ser Sonya, pero no lo dejó avanzar. Con voz severa le dijo–. Necesitas calmarte Ale. Ella está asustada. Ese desgraciado la hirió e intentaba hacerle más daño, pero llegué a tiempo y logré incapacitarlo.

–¿Cómo? –dijo la voz gruesa de Axel que estaba de pie en el umbral de la puerta viendo todo.

Sonya le dedicó una mirada de acero y tono letal–. A mí no me pudo lastimar, pero yo sí lo lastimé a él. –Con tono más suave siguió–, estoy bien, les contaré los detalles luego, pero primero necesito que Alejandro se tranquilice. –Clavó sus ojos verdes otra vez en el rostro de Alejandro–. Esta chica está asustada, y está esperando en el auto porque no quiere verte Ale. Me dijo que le dejaste bien claro anoche que ¿no podía quedarse contigo? –La última oración como una interrogante.

–¿Ah? Yo no dije eso, jamás le diría eso, –respondió Alejandro claramente confundido–. Anoche… esa chica es… –bajó la mirada resignado–, ya les dije, ella es mi alumna, no debería sentirme como me siento hacia ella, mucho menos actuar sobre ello. Cuando le enseñé la otra habitación de huéspedes donde durmió anoche, me besó, y le devolví el beso, pero luego me aparté, porque es mi alumna, y claramente está en una situación vulnerable. No quería aprovecharme de ella.

Sonya subió las manos como si le estuviera hablando a Dios en el cielo y emitió un especie de gruñido frustrado–. ¡Por Dios! ¿Cómo es que un tipo tan inteligente como tú puede hacer cosas tan estúpidas, Ale? ¿Tu acto de galantería? ella no lo vio como un gesto noble y protector de tu parte, ¡sintió que la rechazaste! Rechazar a una mujer cuando te besa, después de que ya habían follado, cabe destacar… es criptonita para nosotras. Se siente como una mosca, indeseable, humillada.

Alejandro no terminaba de entender y miraba a Sonya como si le hubiera nacido otra cabeza del cuello. Axel bajó las escaleras y le puso la mano en el hombro a su amigo–. Mi chica tiene razón hermano. La cagaste–. Entonces dirigió la mirada a Sonya y le preguntó alzando una ceja–. ¿Así que Diana se va a quedar con nosotros?

–¡No! Ella no irá a ninguna parte, se quedará aquí conmigo. –Anunció Alejandro con determinación. Emprendió nuevamente la marcha hacia el garaje, dispuesto a hacer cualquier cosa para que Diana no se fuera, y rogarle perdón. Si lo que decía Sonya era cierto, había cometido un error de dimensiones inconcebibles, cómo podría ella pensar que él creía que no la deseaba. ¡Dios! si esa mujer lo tenía cautivado desde hace mucho antes, hasta en el mismo salón debía mantenerse sentado detrás de su escritorio hasta que cedía la erección que le provocaba su presencia en clases.

Diana había bajado el visor del auto y estaba examinando su rostro en el espejo cuando vio a

Alejandro acercarse a grandes zancadas hacia el auto. No sabía qué hacer, se quedó paralizada viendo como el hombre más atractivo que conocía redujo la distancia entre ellos y abrió la puerta del auto. Pensó que la iba a reprender, pero su interior dio un vuelco sobre sí mismo cuando Alejandro tomó su rostro entre sus manos y la besó.

–Por favor no te vayas, Diana. Lo de anoche lo dije para cuidarte. Eres la mujer más inteligente y hermosa que he conocido. Por favor quédate, no sé cómo haremos para que esto funcione, pero cuando Sonya dijo que no querías verme sentí que me habían golpeado con un bate en las rodillas.

Diana no daba crédito a lo que estaba escuchando. ¿En serio Alejandro le estaba pidiendo que se quedara?

–¿De verdad? –preguntó.

Él la miró, la esperanza dándole vuelo a su corazón, hacía tiempo que olvidó lo que era sentirse así… Una conexión perfecta… esperanza.

–Por favor, quédate aquí conmigo.

Los ojos de Diana se humedecieron con lágrimas de alegría que amenazaban con caer cuando cerró los ojos y lo besó otra vez, presa de las mariposas que volaban en remolinos en su interior.

Había empezado como un beso lleno de alegría, pero

pronto se tornó necesitado. Alejandro la besó con más fuerza, aún con las manos alrededor de su cara cuando Diana no pudo contener el "¡Ay!" que escapó de sus labios.

Entonces Alejandro se separó preocupado– ¿Qué pasa? ¿Te hice daño?

–No, no, es que me duele donde… –Diana apretó los labios, la emoción de este nuevo encuentro con Alejandro disipándose como humo en el viento al recordar lo que había sucedido en el apartamento de Adrián.

Alejandro había estado tan preocupado de que Diana no quería verlo, que no había detallado su apariencia, pero ahora que no tenía miedo de que Diana quería irse, la escudriñó con la mirada. Tenía los ojos rojos de llorar, y había una definida marca roja sobre su pómulo que mostraba evidencias de inflamación. Rozó el golpe delicadamente con las yemas de sus dedos, su mirada analizando la cara de la alumna que había invadido sus pensamientos. También notó las marcas rojas donde Adrián la había sujetado por el cuello. Una ira desconocida se apoderó de él, quería romper algo, o preferiblemente romper a Adrián, dejarlo tan lastimado que más nunca disfrutaría de una existencia sin dolor. Diana lo observó nerviosa, avergonzada; pero Alejandro solamente frunció el ceño. Sonya tenía razón, Diana no necesitaba a un cavernícola en estos momentos, necesitaba a alguien que la cuidara, y que le mostrara lo valiosa que era.

–Ven, entremos a casa y busquemos algo frío para esos golpes, –dijo Alejandro, alzándola en sus brazos.

Diana emitió un ruido sorprendido–. ¡Uy! Aún puedo caminar, ¿sabes?

–Lo sé, pero no quiero que te escapes otra vez, –respondió con una medio sonrisa y guiño del ojo.

Sonya tenía una sonrisa de oreja a oreja al verlos pasar. –Así que nos quedamos un rato más. ¡Nosotros buscaremos tus bolsos!

CAPÍTULO 12

Alejandro llevó a Diana hasta la cocina y la sentó sobre el borde de la mesa. Diana contemplaba sus movimientos cuando le dio la espalda, buscó un paño limpio y del congelador sacó varios cubos de hielo, envolviéndolos en el rectángulo de algodón.

Sus miradas se conectaron, la electricidad entre ellos palpable. Diana vio la intensidad en sus ojos avellana, su lengua relamió sus labios rápidamente al recordar sus besos.

Alejandro se acercó y con cuidado apoyó el paño con hielo sobre su mejilla. Diana hizo una mueca por el frío y el dolor mudo que permanecía allí. Con su mano libre, Alejandro apartó un mechón de cabello oscuro detrás de su oreja, sus dedos acariciando su piel, bajando por la mejilla ilesa hasta su cuello, rozando las marcas que dejaron las manos de Adrián; la rabia volvía a crecer en su interior, pero sus dedos no se detuvieron hasta llegar al escote de la camiseta deportiva que le había prestado Sonya. El borde de la tela estaba rasgada, como si alguien había intentado romperla por la mitad.

–Lo voy a matar –susurró Alejandro, odio tiñendo cada palabra–. Voy a matarlo por lo que te hizo e intentó hacer.

–No, por favor no hagas eso. Estoy cansada de tanta

muerte.

El semblante de Alejandro cambió a una de curiosidad, y por segunda vez en el mismo día, Diana relató los acontecimientos más tristes de su vida.

Alejandro la escuchó sin interrupción, salvo el momento que quitó el paño frío del rostro de Diana, dejando los restos de los cubos de hielo en el fregadero y sacando dos copas y una botella de vino de la despensa.

Para cuando Diana terminó, relatando lo que Sonya había hecho y cómo la había rescatado de Adrián, casi habían terminado de beber la botella de vino.

Diana desvió la mirada de su rostro y contempló por la ventana, sorprendiéndose de que no se había percatado del vasto jardín y la piscina. Observó sus alrededores, aún sentada sobre la mesa de la cocina, sujetando la copa casi vacía mientras Alejandro estaba en una silla, una mano sobre su muslo, la otra agarrando su mano con cariño.

Alejandro comenzó a hablar, pero sus palabras cayeron sobre oídos sordos, porque Diana se había percatado del balcón que estaba en la segunda planta de la casa, y a través de la puerta corrediza de cristal pudo ver perfectamente la imponente figura de quien suponía era Axel, el novio de Sonya. Parado al pie de la cama, totalmente desnudo. Hasta el momento solo lo había visto de reojo cuando Alejandro la cargó hasta su casa unas horas atrás, pero ahora estaba viendo a un hombre que parecía tallado de puro músculo, con una estatura extraordinaria. Instantes después vio la suave figura femenina de Sonya, ella estaba de pie sobre el centro de la cama, su larga melena roja cayendo como una cascada de fuego hasta su cintura. Giró la cabeza sobre su hombro para mirar a Axel, aún desde la cocina, Diana podía ver claramente la mirada coqueta y juguetona de la pelirroja.

Sonya inclinó su tronco hacia atrás, flexionando su cuerpo, haciendo un puente. Sus pechos se veían como frutas redondas sobre su pecho, sus pezones rosados contrastando contra su piel pálida, dos objetivos que Axel no tardó un segundo en acercar su boca, chupando uno y luego el otro. Al saciar el apetito de sus senos, se apartó, y Sonya apoyó los antebrazos sobre la cama, una postura imposible para cualquiera, salvo en ella tenía la gracia de una bailarina, sensual y felina en sus contorsiones. Levantó una pierna, luego la otra, apoyando el cuerpo sobre su cabeza y sus antebrazos con equilibrio envidiable. Desde la flecha recta de sus piernas, dobló las rodillas hacia cada lado, abriéndolas; Axel entonces la agarró por las caderas, levantando a su chica como si no pesara nada, acercando obscenamente su sexo desplegado hasta su boca.

Axel devoraba la fruta jugosa de su coño con apetito voraz, bebiendo su crema, chupando sus labios carnosos. Gimió satisfecho sobre su abertura al sentir los dulces labios de Sonya rodear su envergadura, primero chupando suavemente su corona, acariciando el frenillo bajo su glande con la punta de la lengua.

Axel estaba de pie como una estatua formidable, agarrando a Sonya por la unión de sus caderas y muslos angulados como si fuera un cáliz, apoyándolos sobre sus anchos hombros, devorando su centro con gula.

Sonya aferró sus brazos alrededor de él, sujetándolo con fuerza, hincando los dedos en la carne firme de sus nalgas mientras engullía su longitud, tragando su verga hinchada hasta el fondo de su garganta.

Diana sintió la humedad de su sexo deslizar de su canal, sin darse cuenta apretó la mano de Alejandro, quien dejó de hablar y miró hacia donde Diana tenía los ojos clavados fuera de la ventana.

–Aquellos dos son insaciables, –dijo entonces con un tono divertido.

Diana desvió la mirada del encuentro privado que estaba removiendo mil anhelos dentro de su propio cuerpo, su rostro estaba sonrojado y sus pezones hormigueaban deliciosamente. Entonces cayó en cuenta de lo que estaba sucediendo y sintió vergüenza.

–Disculpa, –tartamudeó–. No debería mirarlos…

–No te preocupes, a ellos les encanta que los miren.

Diana volvió la mirada curiosa al rostro de Alejandro.

–¿Cómo sabes que les gusta que los miren?

–Si no quisieran que los miraran, hubieran cerrado las cortinas, –respondió con simpleza–. Mi pregunta es ¿te gusta mirar lo que hacen?

Diana miró otra vez hacia el balcón, mordiéndose el labio, un remolino de vergüenza y emoción luchando en su cabeza.

–A mí me parece que sí–, dijo Alejandro, su voz ahora ronca de deseo–. A mí me parece que ver como Axel le devora el coño a Sonya al mismo tiempo que ella chupa su verga te excita, y mucho. Apuesto que si te toco ahora, te encontraré muy mojada.

Un pulso de corriente reverberó dentro de Diana al escucharlo hablándole así. Él se había puesto de pie, estaba parado entre sus piernas, sus manos acariciando sus muslos, subiendo hasta sus caderas, jugando con la liga de las mallas que llevaba puesta.

Diana resolló cuando sintió como su mano empalmó el triángulo de su sexo.

–Estás hirviendo, Diana. –Susurró contra su oído.

Diana soltó un gemido cuando sus dedos comenzaron a sobarla por encima de la delgada tela.

–Quiero probarte, quiero averiguar a qué sabe tu coño. No tienes idea cuántas veces te he imaginado así, sentada sobre mi escritorio en clases, jadeando, rogando que te haga acabar con mi lengua.

Diana sintió un chispazo detonar en su pecho al descubrir que ella no había sido la única que había pasado meses teniendo fantasías prohibidas con su profesor.

Sus manos habían regresado a sus caderas, sus dedos enganchados en la liga de su ropa, esperando ansiosas por la respuesta de ella que sellaría su destino.

–Dime preciosa. ¿Qué quieres?

–Quiero que me la chupes, profe. Quiero tu lengua entre mis piernas.

Tiró de su ropa, bajando las mallas por sus piernas, quitando con ellas sus zapatos. Ella sacó por encima de su cabeza la camiseta deportiva, su busto generoso meciendo sobre su pecho con el movimiento. Estaba completamente desnuda sobre la mesa de la cocina, y la mirada de Alejandro la estremecía como una caricia, haciéndola sentir como si era la criatura más hermosa de la tierra.

Alejandro se sentó sobre la silla, sus ojos centelleantes de deseo. Se acercó, su aliento erizando la piel de sus muslos. Enganchó las manos detrás de sus rodillas y la haló hacia adelante, su trasero sobresaliendo sobre el borde mientras que separó sus piernas y apoyó sus pies sobre sus hombros.

Diana resolló cuando arrastró su lengua sobre su coño, saboreando la esencia cítrica de su intimidad. Chupó cada uno de los labios de su abertura con hambre, devorando su sexo con apetito salvaje. Su erección presionaba contra la tela de su pantalón, y ella jadeaba con más fuerza con cada lamida que recorría su raja de un extremo al otro.

Cuando miró otra vez al balcón, veía el torso desnudo de Sonya sentada sobre Axel, quien la tenía empotrada sobre su verga. Sus senos resaltaban al compás de sus rebotes mientras que la mano de Axel hurgaba entre sus piernas, frotando su clítoris.

Entonces Alejandro asaltó la perla hipersensible de Diana arrancando un gemido primal de su garganta; ella volvió la mirada al hombre que la estaba enloqueciendo con su boca. Ella enredó las manos en su cabello, un lado nuevo y descontrolado saliendo a flote. Presionó su rostro contra su sexo, ondulado las caderas frenética, restregándose contra su cara mientras la follaba con la lengua.

–¡Ay Dios! –gimoteó, presa del placer que le provocaba–. ¡Así! ¡Así! ¡Así!

Alejandro hizo un sonido de gusto, probándola hasta lo más profundo que podía, envolviendo su clítoris con los labios y provocando aquel nudo susceptible con la punta de la lengua. La hacía gemir y contonearse cada vez más descontrolada, sujetándola por las nalgas mientras permanecía con el rostro enterrado entre sus piernas, respirando su olor, bebiendo sus jugos, gozando con el placer que le daba.

Moría por quitarse la ropa, liberar su erección y ahogar su verga hinchada en el guante caliente de su sexo, pero aún no, primero quería hacer que se corriera en su boca, quería arrancarle el clímax con la lengua y beberla toda.

Le encantaba sentirla así, restregando su jugoso coño contra su boca mientras lo agarraba por el cabello, él hundía los dedos en la carne de sus nalgas, igualmente aferrándose a ella. Su lengua la lamía cada vez con mayor intensidad, sus gemidos parecían sollozos, suplicando liberación de aquella deliciosa tortura.

Se separó de su manjar por unos instantes para decir–. Ahora quiero que seas una niña buena y acabes en mi lengua. Te la voy a chupar hasta que acabes. Vamos preciosa, córrete en la cara de tu *profe*.

Arrastró la lengua sobre su clítoris anhelante, el placer irrefrenable y el morbo que le suscitaron sus palabras hicieron que abrazara su cabeza con los muslos, su cuerpo sacudiéndose con la explosión de su clímax. Alejandro no dejaba de comerle el coño durante su orgasmo hasta que su cuerpo se aflojó, soltó sus manos de su cabello y se recostó sobre la mesa, jadeante y extenuada.

Él se levantó y rodeó la mesa de la cocina, alzándola nuevamente en sus brazos y atrayendo su cuerpo al suyo.

–E… Eso fue… Yo... Yo nunca he…

–¿Te gustó?

–¡Dios! ¡Me encantó!

Alejandro sonrió con picardía y a Diana se le dibujó una expresión traviesa en la cara.

–Siempre aprendo algo nuevo contigo, *profe*.

Su miembro se prensó al escucharla.

–Pues aún tengo mucho que enseñarte. –Y se la llevó desnuda hasta su habitación.

CAPÍTULO 13

Al apoyarla sobre la cama, Diana se puso de rodillas, y lo besó apasionada, percibiendo su propio aroma y sabor en su aliento. Sus dedos desabrochaban la camisa de Alejandro con impaciencia. Su piel cálida se presionó contra la de ella, los picos de sus pezones rozando el muro firme de su pecho.

El gruñido excitado de Alejandro reverberó dentro de él, no se resistiría más, ya bastaba de preocuparse por cruzar el límite de lo prohibido, algo que despertaba tanto en él y en ella no podía ser incorrecto.

Él nunca la lastimaría, Diana era suya, se había convertido en suya desde que se perdió en su cuerpo aquella noche en el baño del bar.

Las manos de Diana exploraban su torso, memorizando la fuerza de sus brazos, la extensión de su espalda, la curva de sus hombros, la manera que suspiraba excitado cuando sus dedos acariciaron el círculo erguido de sus tetillas.

Quería probarlo, descubrir su sabor, así como había visto a Sonya atragantándose con el miembro de Axel hasta el fondo de su garganta, ella quería devorar su longitud y darle aunque sea la mitad del placer que él le había proporcionado cuando abrió sus piernas sobre la mesa de la cocina.

Se trazó un sendero de besos desde sus labios, pasando por su cuello, descendiendo por su pecho hasta llegar a la barrera de su pantalón, la cual desabrochó y deslizó por sus muslos junto con su ropa interior.

Su olor puramente masculino invadió su olfato y resolló al ver como su erección se liberó de los confines de su ropa, rebotando contra la parte baja de su abdomen para luego apuntar directamente a su cara. La corona de su sexo, hinchada y tersa, estaba adornada con una gota translúcida de líquido preseminal. Diana sacó la lengua y delicadamente lamió la gota cristalina y salada.

Alejandro resolló ante el contacto sin dejar de contemplar la sensual pendiente de su espalda, arrodillada sobre el borde la cama, inclinada hacia su virilidad en una posición de pleitesía. Esta chica lo traía loco, y cuando envolvió su cabeza con sus labios suaves, un sonido masculino y complacido salió de su garganta. Sus finos dedos rodearon la base de su tronco, sujetándolo mientras introducía más y más de su longitud en su boca.

El placer irradiaba dentro de Alejandro al mirar como su alumna preferida chupaba su verga. Trató de engullirlo por completo, pero no pudo, dejando un rastro de saliva lubricando su asta.

–Lo estoy haciendo bien profe? –preguntó, la cabeza de su sexo apoyado contra su boca.

Alejandro gimió–. No tienes idea cuánto señorita

Castillo.

–Es la primera vez que hago esto, ¿en serio lo estoy haciendo bien?

Alejandro la miró anonadado, no podía negar la sensación de gozo posesivo que se apoderó de él al saber que era el primer hombre que se follaba la boca de esta joven y atractiva mujer.

–Por favor, sigue y no te detengas –respondió con voz gruesa y la agarró suavemente por el cabello.

Diana hacía ruidos mojados y gustosos mientras se lo mamaba, disfrutando de saborear su hombría. Sus caderas comenzaron a moverse por voluntad propia, y tuvo que controlarse para no tomar el mando y cogerse su rostro como una bestia, aun así no podía evitar la cadencia de sus movimientos, deslizando la piel sensible de su sexo sobre su lengua. Sabía que no podría aguantarse para siempre, y a pesar de que moría de ganas de llenarle la boca con su leche hasta desbordarla, ver como su semen se chorreaba por las comisuras de sus labios, eso sería para otro momento, no quería sobrecargarla con esta nueva experiencia y, además, ansiaba perderse nuevamente en el calor de su canal y disfrutar de tenerla completamente desnuda bajo él, quería ver su rostro contraerse en éxtasis mientras se corría con su verga adentro.

La separó suavemente, besándola con intensidad mientras la acostaba sobre su cama. Diana estaba estremecida, conteniendo la respiración sin darse cuenta hasta exhalar un suspiro libidinoso al sentir su miembro rozar la parte interna de su muslo, llegando al triángulo mojado de su sexo, esparciendo la humedad con su glande hinchado al posicionar su verga ante su entrada. Empujó hacia adelante sin penetrarla, deslizando entre sus labios y frotando su clítoris con su miembro firme.

–Última oportunidad para decirme que no, preciosa. En cuanto me pierda otra vez en tu calor no podré parar. Quiero hacerte mía una y otra vez. –Susurró contra su oído inclinado sobre ella, provocándola con la promesa de enterrarse hasta lo más hondo de su coño.

Diana no cabía en sí de gozo, rodeó sus caderas con las piernas, abrazándolo hacia ella, contestando–. Ya soy tuya. ¡Hazme tuya una y mil veces más!

Alejandro se dejó llevar, estrellando sus labios contra los de ella y presionó contra su abertura; cuando la corona traspasó sus pliegos, Diana resolló de placer. Abrió aún más las piernas, apoyando los talones sobre su culo, empujándolo a que la llenara completamente.

Lo que quedaba de su voluntad se quebró como vidrio, avanzó y Diana no dejaba de respirar ansiosa a medida que la penetraba.

–¡Sí! ¡Ay sí! ¡Por favor! ¡Nunca te detengas! –Suplicaba con cada grueso centímetro que se enterraba en su coño. Sus besos eran hambrientos, desesperados. Alejandro se enterraba dentro de ella, tragando sus gemidos mientras sus bolas se recostaban contra sus nalgas.

Se mantuvo allí, embelesado con el abrazo ardiente de su canal. Lentamente empezó a deslizar hacia afuera, pero con un ruido de protesta ella lo atrajo para que la llenara nuevamente. Él estaba más que dispuesto en complacerla, se hundió con una súbita estocada en su interior, llenándola a tope, enterrando cada centímetro de su longitud en ella, arrancándole un sollozo de placer. Sus provocadoras curvas se acentuaron cuando arqueó la espalda sobre la cama, aplastando sus suaves tetas contra su pecho, ondulando sus caderas para llevarle el ritmo a cada una de sus embestidas.

El sonido seco de sus cuerpos chocando suscitaba un ritmo perverso y sensual en la habitación. Alejandro la besaba voraz mientras la clavaba contra el colchón una y otra vez, su verga resbalando de adentro hacia afuera en su humedad, su saco chocando contra sus nalgas y el deseo recorría sus venas como un incendio.

Diana respiraba su aliento, chupaba su lengua, mordisqueaba sus labios, su piel entera vibraba con cada intensa embestida de su verga hinchada. Cuando Alejandro metió la mano entre sus cuerpos, hallando su clítoris con el dedo, ella supo que no aguantaría mucho más. Entonces él presionó aquel nudo y frotó; su coño se cerró sobre él, convulsionando, se deshizo en mil piezas de luz para rehacerse otra vez en instantes que parecían eternos. Alejandro no pudo resistir la magnitud de su clímax y estalló justo después de ella, vaciándose en su cuerpo, inundándola con chorro tras chorro de leche caliente y viscosa.

Siguieron enredados en su abrazo, sin decir una palabra, solo sus corazones latiendo desbocados.

Alejandro no podía engañarse a sí mismo, supo desde la primera vez que se besaron que había algo en ella que le resultaba adictivo, no podía renunciar a esta sensación tan poderosa que despertó en él. No podía renunciar a ella.

CAPÍTULO 14

Diana despertó con los primeros rayos del sol que se asomaban por la ventana. La respiración de Alejandro era profunda y rítmica, él seguía dormido, sus cuerpos aún en sueño se aferraban en un enredo de brazos y piernas.

Diana observó su rostro, absorta en cada rasgo de su cara, admirándolo.

Hubiera permanecido perdida en aquella contemplación, pero sus necesidades básicas reclamaron su atención. Con cautela se desenredó de su abrazo, y tras salir del baño se vistió solamente con la camisa de Alejandro, enrollando las mangas largas, el bordillo alcanzando la mitad de sus muslos.

Bajó descalza por las escaleras, allí en el recibo estaba su mochila y sus dos maletas. Sacó una sencilla panty blanca y se la subió por las piernas, es curioso como la falta de ropa interior bajo una prenda enfatiza su ausencia. Siguió a la cocina, la casa estaba tranquila y silenciosa, pero el aroma a café le hizo saber que no era la única que estaba despierta.

Se sirvió una taza y quedó fascinada al ver a Sonya practicando yoga con la superficie de la piscina reflejando los movimientos de su silueta mientras el sol se alzaba por el horizonte.

Salió a la terraza y se sentó callada a ver el espectáculo. Cautiva en la fluidez de sus movimientos, las líneas y curvas que hacía con su cuerpo como si no requirieran ningún esfuerzo, su figura estirándose con perfecta naturalidad.

Plantaba los pies sobre el suelo, inclinaba su torso hasta que sus palmas estaban al lado de sus pies, su nariz tocando sus rodillas, para luego subir las dos piernas, rectas como flechas apuntando al cielo. Era como si la fuerza de sus brazos era igual a la de sus piernas. La rectitud de su perfil permitía ver la innegable curva femenina de sus pechos, su cintura, sus nalgas, su figura era de una atleta esbelta que había cultivado su cuerpo durante años.

Abrió las piernas como una Y, para luego bajar una, después la otra, completamente abierta sobre el suelo, un pie apuntando hacia el norte y el otro hacia el sur, sus manos juntadas como en una oración al cielo que luego terminaron a la altura de su corazón.

Diana sentía ganas de aplaudir después de ver esa exhibición de proeza física, pero pensó que aquella efusividad más bien pudiera fracturar la calma del amanecer.

Sonya rodeó la piscina y se acercó a su inesperada espectadora con una cálida sonrisa en el rostro.

–Buenos días guapa, – se inclinó y le dio un beso en cada mejilla–. Por lo visto no soy la única pajarita que despierta con el sol. ¿Cómo pasaste la noche? ¿Dormiste bien?

Diana sonrió tímida y respondió– Sí, hacía mucho que no dormía tan bien. –Se mordió el labio recordando todo lo que había visto y hecho antes de ceder al sueño.

Pensó en lo que le había dicho Alejandro anoche, "*a ellos les encanta que los miren*".

Sentía una curiosidad voraz por saber más a lo que se refería con eso, y cómo es que él sabía eso, pero los modales incapacitaron su lengua; por lo que abordó un tema más sencillo.

–¡Eres extraordinaria! ¿Cómo aprendiste a hacer eso?

–Gracias. Me tomó unos cuantos años, pero creo que en resumen puedo decir que he aprendido con cada respiración. Cuando aprendes a controlar tu respiración controlas tu mente, y cuando controlas tu mente, controlas tu cuerpo.

–Está bien Señor Miyagi. Después me vas a decir que podré aprender a balancearme sobre mis brazos como si fuesen mis pies si le hago un tratamiento de cera a tu auto.

Sonya alzó la ceja divertida–, ¿Tú has visto *Karate Kid*?

–Claro. Tenía que conocer la historia entre Johnny y Daniel cuando vi *Cobra Kai*.

Sonya echó la cabeza atrás y rio–. Pues si quieres aprender a caminar con las manos, primero tienes que aprender a pararte correctamente sobre tus pies.

Tomó a Diana por las manos, llevándola con ella hasta el borde de la piscina donde estaba su esterilla.

–Párate aquí en el centro, los pies separados a la altura de tus caderas, –le indicó. Diana estaba con la espalda hacia la piscina azul y Sonya estaba parada frente a ella, actuando como su reflejo a medida que le instruía cómo posicionarse.

Cuando Diana juntó las palmas con sus brazos extendidos sobre su cabeza, Sonya contempló las curvas suaves de su pecho prensarse contra la blanca camisa de Alejandro que llevaba puesta. El dobladillo de la camisa rozaba sus muslos, tentándola a descubrir el resto de su piel.

–No olvides alinear tus caderas y pegar el ombligo a la espalda –dijo Sonya.

–¿Cómo pego el ombligo de la espalda?

–Sería más fácil si pudiera verte el abdomen. La camisa de Alejandro te queda un poco grande, –dijo guiñándole el ojo y Diana sonrió traviesa y ruborizada. –¿Te la puedo anudar en la cintura? –Diana asintió–. Sí, claro. –Menos mal que se había puesto la ropa interior, pensó.

Su corazón comenzó a latir acelerado cuando Sonya

desabrochó los botones inferiores de la camisa. Parecía que cada segundo era una hora, tenía la camisa abierta como un triangulo desde el medio de su abdomen. A Diana se le erizó la piel cuando los dedos de Sonya rozaron su vientre, justo encima de la liga de su panty. Sonya cogió cada extremo de la camisa y la anudó alrededor de su cintura. Diana no entendía por qué sentía la boca seca y la sensación delatadora de su humedad impregnando su ropa interior, solo esperaba que Sonya no se diera cuenta del efecto que estaba teniendo sobre su cuerpo. Pero Sonya sí se daba cuenta, sus ojos notaron cuando su piel se estremeció, y como sus pezones se irguieron, sus picos rígidos apuntando bajo la tela. Su corazón palpitaba feliz en su pecho, respiró profundamente y se abocó a la tarea de seguir provocando a Diana hasta que no pudiera resistirse más a una curiosidad tan secreta que quizás ni ella misma sabía que la tenía.

CAPÍTULO 15

Sonya no perdía oportunidad de colocar sus manos sobre Diana con el pretexto de corregir su postura a medida que le enseñaba una rutina sencilla para principiantes.

Le enseñó cómo meter la barriga, explicando cómo debía imaginar que su ombligo y su columna debían estar juntos en todo momento. Trazó la curva de su cintura hasta sus caderas mientras estaba con las manos y pies sobre la esterilla en la postura de perro abajo. Después de 15 minutos, Diana no sabía si estaba sudando por el esfuerzo físico o por la tensión que le provocaba la íntima atención que le proporcionaba Sonya.

Concluyeron una frente a la otra, en la misma posición que habían empezado, Diana estaba de espaldas a la piscina, ahora una fina película de sudor la recubría y su respiración era más fuerte.

Ambas mujeres alzaron sus manos al cielo despejado, y cuando las bajaron en figura de oración en el centro del pecho, se miraron la una a la otra a los ojos.

–Namasté –le dijo Sonya a Diana, su mirada más felina que nunca.

–Namasté –respondió Diana, sus ojos azules

centelleantes.

La conexión entre ambas chicas estaba tan cargada que el aire parecía chispear a su alrededor.

–Creo que ahora nos caería bien un chapuzón refrescante en la piscina, ¿no? –dijo Sonya apartando un mechón humedecido con sudor de su rostro.

–Vale, déjame buscar mi bañador, –dijo Diana con entusiasmo.

–No necesitas bañador –replicó Sonya, una sonrisa pícara dibujada en su rostro.

Diana resolló estupefacta al ver a Sonya extender los brazos, sintió la fuerza de sus manos empujándola hacía atrás por los hombros. Cayó de lleno en la piscina, el agua envolviendo su cuerpo en un abrazo refrescante. Cuando rompió la superficie para respirar, le soltó una reprimenda divertida a la culpable.

–¡¡¡Eey!!! ¡¡Pensé que eras una mujer adulta!!

Sonya la miró riendo y luego dijo– ¿Yo? ¿Adulta? ¡¡Jamás!! Yo seré una adolescente de por vida. Así que prepárate que lo que viene es ¡¡*bombaaaa*!! –gritando lo último mientras se lanzaba al agua recogiendo las rodillas al pecho y aterrizando cerca de Diana, cubriéndola con un chapotazo de agua.

Sonya rompió la superficie, y ambas chicas reían a

carcajadas. Diana hizo un movimiento con la mano para echarle más agua en el rostro a Sonya; pero la sorprendió cuando la atrapó por la muñeca y la atrajo hasta ella, estrellando su boca contra la suya en un beso deseoso.

Era la primera vez que Diana besaba a otra mujer, y la sensación era totalmente diferente. Antes de poder dilucidar el porqué, Sonya rompió el beso, sus rostros separados por pocos centímetros, aún la tenía agarrada por la muñeca. Sonya la miraba, buscando en su expresión si lo que había hecho estaba bien o mal cuando Diana cerró la distancia, esta vez siendo ella la que inició el beso.

Las mujeres se besaban hambrientas, sus lenguas cálidas y húmedas se entrelazaban en un sinuoso abrazo, sus bocas explorándose con gula y curiosidad, chupando, mordiendo, descubriendo.

Sonya la atrajo hacia ella, invitó a que su cuerpo ingrávido en el agua se abrazara al suyo. Diana rodeó sus caderas con las piernas y su corazón se aceleró aún más al sentir las manos de Sonya agarrarla por las nalgas y jugar con la tela del borde de su ropa interior.

CAPÍTULO 16

El nivel del agua les cubría el pecho. Sonya contempló hipnotizada como la camisa ondulaba en el agua, caminó unos pasos hacia el extremo más llano de la piscina, cargando el peso efímero de Diana en el agua. Con cada centímetro que sus torsos surgían sobre la superficie, la prenda caía adherida a su piel, la tela blanca ofrecía una transparencia erótica que revelaba el círculo oscuro de sus pezones. Sonya inclinó la cabeza y mordió suavemente uno de sus picos erguidos a través del material y chupó. Diana gimió e hincó los dedos en sus hombros, desfalleciendo por el placer nuevo e intenso que sembraba esta unión.

Con Diana anclada a su cuerpo, Sonya deshizo el nudo que antes había amarrado y terminó de desabotonar la camisa, revelando su desnudez bajo sus manos, la tela blanca quedó descartada en el agua.

Diana entonces abrió la cremallera del top deportivo de Sonya, deslizando los tirantes por sus hombros, sus pechos no eran tan grandes como los de Diana, pero no por ello menos seductores y femeninos. Acarició sus senos tentativamente, descubriendo la sensación suave y placentera de tocarla, deleitándose ante la reacción de sus pezones cuando los acarició con las yemas de sus dedos. Todos los movimientos de Diana eran sutiles, explorando el territorio nuevo que suponía la figura de su amiga. Sus bocas se encontraron nuevamente en un beso mientras sus manos exploraban las colinas de sus pechos.

La morena curiosa dejó de besar sus labios para trazar su mandíbula con la lengua, abriéndose paso hasta la piel sensible de su cuello, besando, chupando suavemente. Cuando su boca comenzó a descender por el pecho de Sonya, los dedos más experimentados de la pelirroja ascendieron por su muslo, sus caricias aproximándose cada vez más al rincón más íntimo de su cuerpo.

Las lamidas y chupadas de Diana se volvían más frenéticas con la inevitable cercanía a su centro. Primero sintió el dedo probador hallar el ápice de su raja a través del algodón mojado de su ropa interior. Sonya supo exactamente donde quedaba la perla hinchada de su clítoris. Con el otro brazo rodeaba su cintura, sujetando a Diana contra ella mientras la otra mano subió hasta su vientre para sumergirse detrás de la prenda que escondía el triangulo de su sexo. Aún en el agua, Sonya percibió la humedad resbaladiza que desprendía y recubría el sexo de su amiga. Separó sus pliegos con su dedo medio, acariciando su abertura de un extremo a otro para luego penetrar su canal.

Metía y sacaba el dedo de su coño jugoso, consciente del anhelo que sentía entre sus propias piernas al finalmente poder intimar con la cautivadora alumna de su amigo. Diana jadeaba contra su oído, se sentía incapaz de hacer otra cosa sino sucumbir al éxtasis que le provocaban las caricias de Sonya. Una pequeña voz en el fondo de su mente le recriminaba lo que estaba haciendo, pero no podía prestarle atención en ese momento; cada instante desde que la besó crecía la adicción de sentir más.

Cuando Sonya sacó su dedo y lo llevó hasta su clítoris, Diana no pudo contener el gemido que brotó de sus labios. La pelirroja cubrió su boca con la suya, tragando los delectables sonidos de placer. La mano que rodeaba su cintura bajó hasta meterse debajo de la ropa interior, avanzando por la grieta entre sus nalgas hasta llegar por atrás para encontrar su abertura hambrienta; volvió a penetrar su coño, ésta vez con dos dedos mientras la otra mano hacia figuras de remolinos sobre su nudo hipersensible. Diana se ondulaba con frenesí sensual, prisionera voluntaria del estremecimiento que le producía esta mujer. Devoraba su boca con besos desesperados mientras su cuerpo cabalgaba y se refregaba contra las manos de Sonya que la estaban subiendo cada vez más hasta la cima del éxtasis. El clímax que sacudió su cuerpo le arrancó una vocalización orgásmica que era música a los oídos de Sonya. No paraba, seguía metiendo y sacando los dedos de su raja desde atrás, frotaba su clítoris con un ritmo constante mientras Diana sentía que su cuerpo se había convertido en electricidad pura.

Permanecieron abrazadas en el agua, Diana respondía los besos de Sonya con estelas temblorosas de su cuerpo sobrecargado por aquel orgasmo avasallador.

Con ese nuevo deseo aplacado, el cual se estuvo caldeando inconscientemente desde que conoció a la pelirroja, las voces hambrientas de su afecto estaban tranquilas, dando cabida a la voz de reprimenda que se hacía más fuerte en su mente a medida que volvía su razón.

¿Qué había hecho? ¿Por qué le había gustado tanto? Dios, ¿qué pensaría Alejandro de ella al encontrarla así con la novia de su socio?

Mil preguntas avergonzadas se atropellaban en su mente, necesitaba soltarse del abrazo de Sonya. ¿Qué pasaría si Axel y Alejandro las encontraran así?

Sonya notó que de estar lánguida y satisfecha, los músculos de Diana se prensaron con tensión.

–¿Estas bien, guapa? –preguntó con suavidad–. ¿Te gustó? A mí me ha encantado, –le susurró entre la lluvia de besos con los que cubría su rostro.

–Sí, sí, me ha gustado muchísimo. Pero…

Entonces la voz de Alejandro la interrumpió.

–Vaya, vaya, ¿qué es lo que tenemos aquí?

CAPÍTULO 17

Diana se sintió doblemente mortificada cuando luego escuchó la voz gruesa de Axel–. Parece que hay un par de sirenas en tu piscina, bro.

Quería hundirse hasta el fondo de la piscina y no salir nunca más, ya sentía como la vergüenza la ahogaba con la cabeza fuera del agua, tenerla debajo no supondría ninguna diferencia.

Diana no subía la mirada, y su cuerpo estaba más tieso que una estatua. Sonya acariciaba su mejilla en un intento que alzara el rostro mientras susurraba– ¿Diana? ¿Qué pasa mi niña?

Entonces las manos de Alejandro trazaron la línea de su cintura, luego sintió como su pecho firme se apoyó de su espalda, su boca se acercó hasta su oído y susurró–. Eres perfecta Diana. No tienes idea de lo duro que me has dejado al verte con Sonya.

Por fin alzó la cara, miró asombrada, primero al rostro de la mujer con la que acababa de tener una experiencia nueva y sublime quien le sonrió con profundo afecto. Sonya se desenredó delicadamente de su abrazo, Alejandro la giró de frente hacia él y la besó apasionado. Al separar la unión de sus labios le dijo–. Cada vez me enloqueces más. ¿Tienes idea de lo hermosa que te veías mientras Sonya te tocaba?

–¿No estás enojado conmigo?

Ahora el sorprendido era él–. ¿Qué? ¿Por qué dices eso?

–Pues, porque anoche estuve contigo y esta mañana me encuentras en la piscina de tu casa teniendo un amorío con la novia de tu socio.

Su expresión cambió de extrañado a comprensivo. Un sentimiento de culpa empezó a rondar por la mente de Alejandro.

Axel y Sonya se habían alejado al extremo más llano, cerca de las escaleras de la piscina para darles espacio para la conversación que se avecinaba.

Alejandro miró los ojos azules que tanto lo hechizaban y dijo– Perdóname.

Diana estaba claramente confundida–. No entiendo.

–Debí decirte antes, debí decirte antes de hacer todo lo que hicimos anoche. Pero no pude resistirme a la tentación de volver a sentirte, de probarte, de tenerte desnuda entre mis brazos.

–¿Decirme qué? – preguntó Diana preocupada cruzando los brazos sobre su pecho desnudo bajo el agua.

–Mi amistad con Axel y Sonya es… más íntimo que las amistades convencionales. Recuerdas cuando los viste anoche y te dije que ellos disfrutan que los miren?

Entonces Diana entendió por qué Alejandro había dicho eso.

–¿Ustedes son un trío?

–No exactamente. Axel y Sonya son una pareja, han estado juntos por varios años. Y en los últimos meses que he estado soltero me han invitado a disfrutar sexualmente con ellos, ya que mi última relación no terminó bien. Lo que pasa es que mi ex no aprobaba de este estilo de vida, y anoche fui un cobarde. –Alejandro suspiró resignado–. En vez de explicarte esta parte de quién soy y qué disfruto; cuando estabas dormida, fui a la habitación de ellos y le pregunté a Sonya si ella podía averiguar cuál era tu opinión al respecto. Temía descubrir que me miraras con asco, que me gritaras que era un perverso y que no quisieras volver a verme.

Diana tomó su rostro entre sus manos, fascinada por la sensación masculina de su quijada, lo diferente que se sentían los besos de él comparado a los besos y caricias que acababa de experimentar con Sonya y entendió su preocupación, pero más allá de eso, empezó a entender el atractivo de compartir y explorar la sexualidad más allá de lo tradicional. El peso de la vergüenza que la había paralizado antes al creerse encontrada en una escena infiel se evaporó, dejándola aliviada y serena.

¿Estaba ella dispuesta a cruzar esta frontera? Apenas había metido un pie, pero al escuchar a Alejandro y valorar lo que había sucedido con Sonya, al verse libre de culpa por sucumbir a esa seducción, sabía que quería volver a sentirlo, y la curiosidad por aprender todo lo que ellos le podían enseñar al respecto era una pequeña llama en su interior que crecía más y más.

Diana lo miró a los ojos y dijo–. Nunca querré dejar de verte Alejandro –y con tono más travieso–, además, esto es una materia totalmente nueva para mí, profe. Pero te aseguro que soy muy estudiosa.

La sonrisa de alivio en el rostro de Alejandro al escuchar sus palabras le estrujó el corazón. Le resultaba aún más hermoso cuando sonreía, y si ella tenía la capacidad de hacerlo así de feliz, quería hacerlo siempre.

CAPÍTULO 18

Se besaron como si se estuvieran reconciliando, y tardó poco en tornarse sensual y hambriento de más.

Las manos de Alejandro bajaron hasta la única prenda que aún llevaba Diana–. Te quiero completamente desnuda y te lo voy a meter todo.

La agarró por el culo y la atrajo hacia él, Diana resolló al sentir su verga hinchada rozar su entrada.

–¿En qué momento te quitaste la ropa?

–Axel y yo llegamos sin ropa tras ver todo lo que hicieron ustedes por las cámaras.

–¿Cámaras? ¿Qué cámaras?

–Te las enseño después, ahora lo único que quiero es estar dentro de ti.

Y dicho eso la penetró, llenando su canal estrecho, ambos gimiendo por la deliciosa fusión de sus cuerpos.

Gotas traslúcidas adornaban su piel sobre la superficie mientras que sus figuras sumergidas estaban envueltas en el agua, impidiendo velocidad a sus movimientos ondulantes.

–¿Quieres ver? –dijo Alejandro en tono sensual.

–¿Ver qué? – preguntó Diana consumida por la llenura que invadía su sexo.

–Ver cómo Axel se folla a Sonya mientras te cojo – respondió girando sobre su eje para que Diana pudiera ver a la otra pareja por encima del hombro de su amante.

Un destello de excitación palpitó desde su clítoris al ver los rojos mechones de Sonya alrededor de su cara, sacudiéndose al vaivén de sus tetas mientras apoyaba las manos sobre un peldaño de las escaleras y Axel se la cogía intensamente, cada choque de su pelvis haciendo temblar las redondas nalgas de Sonya a medida que su longitud se perdía una y otra vez dentro de su cuerpo.

–Haremos solamente aquello con lo que te sientas cómoda preciosa. Si solo quieres mirar, entonces solo haremos eso. Si quieres que nos unamos a ello, lo haremos. Si hay algo, cualquier cosa que te sientes insegura, solo tienes que decir "amarillo " e iremos más despacio. Si no te sientes a gusto y no quieres hacer algo, con tan solo decir "rojo" todo se detendrá.

Diana volvió la mirada al rostro de Alejandro– ¿amarillo para ir más despacio y rojo para parar del todo?

–Así es mi amor, aquí no forzamos a nadie, todo es consensual y solo buscamos el placer más alto que todos podamos alcanzar. Nada es obligatorio.

–Me gusta mucho lo que estoy viendo.

–Dime qué ves.

–Axel se está follando a Sonya como una bestia, le está dando duro por detrás y hace que todo su cuerpo se sacuda.

–¿Qué es lo que más te excita al verla?

–Cómo se mueven sus tetas. La manera que la verga de Axel entra y sale de su coño.

El grosor de Alejandro se prensó dentro de ella al escuchar sus descripciones. Agarró sus pechos con las manos y apretó, estrujando sus voluptuosos senos mientras sus dedos provocaban los picos erguidos de sus pezones.

Diana estaba jadeando, inmensamente excitada por lo que estaba viendo y las sensaciones que despertaba Alejandro con su cuerpo.

–Me gustaría unirnos a ellos, pero no sé cómo.

Alejandro gruñó complacido, cuánto anhelaba que ella deseara lo mismo.

–Creo que entonces deberíamos ir hasta allá, te imagino saliendo del agua y te sientas en el escalón más cerca del rostro de Sonya. Le abres las piernas para que pueda comerte el coño, a ella le encanta dar sexo oral mientras se la cogen. Y yo quiero sentir como te atragantas con mi verga mientras te retuerces de gozo con la cara de Sonya entre tus piernas.

A Diana le faltaba el aire, no sabía que podía excitarse de tal manera.

–Sí, sí, llévame hasta ellos y haz todo lo que acabas de decir.

CAPÍTULO 19

Alejandro caminó con Diana empalada sobre su miembro, cargándola como hizo la noche que la llevó al baño del bar sin saber que era su alumna, desde la parte honda de la piscina hasta donde los otros dos estaban follando ruidosamente.

Sonya gemía con cada embestida de Axel, se mordió el labio inferior, sonriente al ver a Alejandro acercándose con Diana.

Alejandro la sentó sobre uno de los peldaños sin salirse de su cuerpo. Axel y Sonya estaban de pie, el agua allí les llegaba hasta medio muslo, y las manos de la pelirroja estaban sumergidas hasta las muñecas apoyando su cuerpo inclinado hacia adelante.

Alejandro había sentado a Diana unos peldaños más abajo a propósito mientras él estaba de rodillas enterrado en su alumna.

–Me dijiste que te gustaba como se movían las tetas de Sonya mientras se la follan. ¿Quieres apretárselas?

Más excitada que nunca, pero a la vez aprehensiva, Diana miró el rostro de Sonya y luego sus senos bamboleando obscenamente cerca de ella.

–¡Ay sí! ¡Por favor Diana, agárrame las tetas!

Diana extendió la mano, maravillada ante la provocadora suavidad que estaba apretando.

–¡Las dos! ¡Agárrame las dos!

Obediente, hizo lo que le pidió, agarrando sus tetas como dos frutas maduras que colgaban justo a su alcance.

–Se vuelve loca cuando le pellizcan los pezones… duro –dijo Axel sin dejar de embestir a su novia.

–Así –dijo Alejandro apretando los picos de Diana y retorciéndolos con fuerza. Diana resolló por el intenso estímulo que estaba en la frontera entre dolor y placer.

–¡Hazlo otra vez! –jadeó.

Alejandro lo hizo, metiendo y sacando lentamente su longitud en su abertura.

Diana sintió como el chispazo eléctrico hizo una ruta directa desde sus senos hasta su clítoris y gimió. Imitó lo que Alejandro le había hecho a ella, tomando los pezones de Sonya entre su pulgar e índice, girándolos con fuerza, arrancando un gemido desesperado de su garganta.

–¡Ay sí! ¡Dios! ¡Sigue, por favor sigue! –Suplicó.

Diana la mantenía firmemente agarrada, girando, pellizcando, retorciendo sus picos sensibles.

Sonya echaba las caderas hacia atrás con fuerza, empotrándose sobre el asta de Axel, con cada embestida el saco de su hombre chocaba contra su clítoris hinchado, era presa del placer que escalaba desmedido en su interior hasta que vociferó– ¡Voy a acabar! ¡Voy a acabar!

Su clímax estalló, consumiendo cada célula de su cuerpo en una energía irrefrenable de éxtasis. Cuando la intensidad de su orgasmo había mermado, aminoró su ritmo pero no se detuvo. Axel hincaba sus dedos en la carne de sus nalgas, entrando y saliendo de su canal resbaladizo, contemplando como su asta había quedado recubierta con la cremosa evidencia del placer de Sonya. Si había disfrutado de ver como la amante novata de Alejandro había seguido su consejo, provocando un orgasmo avasallador en su novia, le costaría aún más contenerse al ver lo que sucedería a continuación.

–¿Te provoca comerte a esta deliciosa naranjita Sonya? –preguntó Alejandro.

–Uy sí, anoche desde la ventana vimos como la devorabas sobre la mesa de la cocina. Muero de ganas por probarla.

Alejandro se salió del abrazo caliente de su sexo, y Diana se sentó en las escaleras, abriendo las piernas frente a la cara de la pelirroja. Antes de poder decir cualquier cosa, Sonya apoyó sus manos sobre sus muslos, separándolos aún más y lamió su abertura rosada. Diana soltó un gemido al sentir la lengua de

Sonya invadir su sexo; Alejandro estaba de pie en las escaleras, parado a la altura precisa donde empezó a restregar la longitud de su erección contra su mejilla. Diana empuñó su miembro, guiándolo a su boca, envolviendo su glande hinchado con los labios, chupando y lamiendo su corona.

Axel contemplaba la escena que se desenvolvía ante sus ojos, su miembro hinchado y sus bolas apretadas al ver como su chica ponía a la morena a gemir con la boca llena de la verga que chupaba con excitación desesperada. Su semen estaba a punto de ebullición y con una fuerte estocada sintió como el primer chorro de leche salió disparado, bañando a Sonya por dentro, llenándola con la evidencia viscosa de su orgasmo, el placer irradiando por todo su cuerpo con cada eyaculación.

Sonya apretó sus músculos internos al percibir que Axel se estaba corriendo, ordeñaba su miembro con su sexo mientras enterró dos dedos en la raja de Diana; cuando rodeó su clítoris con los labios y chupó, la morena alzó las nalgas del escalón, su culo rebotando con las sacudidas descontroladas de su cuerpo al sentir como la pelirroja le provocó otro orgasmo.

El deseo desesperado la hacía chupar la verga de Alejandro con frenesí, gritaba alrededor de su miembro cuando sintió el líquido salado y caliente aterrizar sobre su lengua, gimoteaba mientras se tragaba su leche espesa, pero el volumen que estaba eyaculando en su boca mientras la agarraba por el cabello salía más rápido de lo que podía beber, quedando parcialmente incapacitada al estar sometida a la explosión de su propio clímax. El sedoso líquido blanquecino se chorreaba por su mentón, mientras Alejandro se follaba su rostro de manera inclemente y Sonya no paraba de meter y sacar los dedos de su abertura mientras chupaba y bebía golosa el jugo cítrico que manaba de su coño.

CAPÍTULO 20

Después de ese encuentro decadente y libidinoso, las dos parejas permanecieron desnudas en la piscina, lánguidos por la deliciosa orgía, disfrutando del calor del sol que escalaba cada hora más alto en el cielo.

Diana flotaba de espaldas, su cabello ondulando en el agua como un halo negro enmarcando su rostro, las cimas de sus pechos apenas asomándose por la superficie, sin duda parecía una sirena; Alejandro sentía la recuperación de sus fuerzas y la tentación que le producía le resultaba irresistible, estaba a punto de nadar hasta donde ella estaba para sentir la suavidad de sus tetas nuevamente en su boca cuando la voz de Sonya interrumpió su intención.

–Yo no sé ustedes, pero tengo más hambre que una náufraga. Voy a vestirme y luego a preparar algo de comer. ¿Quieres ayudarme en la cocina guapa? –le preguntó a Diana– ¿o prefieres quedarte a merced de este par de tiburones?

–Huye rápido sirenita –replicó Axel– porque no perderé la oportunidad de ¡darte un mordisco! –y efectivamente acercó el rostro a las nalgas desnudas de su mujer, quien se había puesto de pie en la piscina, y le hincó los dientes, suscitando un grito sorprendido de la pelirroja.

–¡Pasado! –le echó agua en la cara de manera juguetona

antes de escapar de su intento de atraparla mientras él tarareaba la terrorífica melodía de la película *Tiburón* de Steven Spielberg.

Diana entró después de Sonya a la casa dejando huellas mojadas a su paso, ya pasada la adrenalina y deseo de aquel encuentro poco común se sentía sobre consciente de su desnudez, ya que la camisa blanca de Alejandro dejaba más a la vista de lo que cubría al estar empapada. Esperó unos momentos para luego subir una de sus maletas por las escaleras hasta la habitación de Alejandro, aliviada por un momento a solas, sus emociones hechas un remolino de alegría, pero en el fondo de su mente permanecía una sensación obstinada de zozobra, era como la semilla de una duda que no lograba desenterrar.

Se vistió con unos vaqueros desteñidos y una camiseta que leía "*Pausé mi video juego para estar aquí*". Estaba desenredando su cabello cuando Alejandro entró a la habitación.

–¿Cómo estás preciosa?

–Bien. –respondió con una sonrisa al ver las líneas talladas de su cuerpo, sus ojos desviándose al sendero de vello que descendía desde su ombligo hasta perderse bajo la tela negra de su ropa interior.

Había peinado su cabello húmedo y ondulado hacia atrás con los dedos, su piel besada por el sol parecía llamarla. Un estremecimiento la recorrió al ver como la miraba, su sonrisa alcanzaba sus ojos al contemplarla.

Se acercó a Diana y rodeó su cintura con los brazos, atrayendo su cuerpo al suyo y hallando sus labios en un beso voraz que la erizó de pies a cabeza.

–¿Qué haces? Le dije a Sonya que la ayudaría en la cocina.

Alejandro le respondió entre besos–. Pero yo tengo hambre ahora.

–Creo que tienes otro tipo de hambre –dijo con una risilla.

–Hambre de ti –su voz ronca con deseo mientras metía las manos debajo de su camiseta y apretaba las suaves colinas de sus pechos.

Diana gimió cuando haló las copas de su sostén hacia abajo y pellizcó sus pezones.

–Voltéate –murmuró contra sus labios.

Sintió su erección recostarse sobre su trasero mientras desabrochaba sus pantalones y besaba su cuello. Bajó los vaqueros y tanga hasta medio muslo, manoseando y apretando sus nalgas, luego subió la camiseta por encima de sus tetas que colgaban fuera de la tela del sujetador. Con una mano estimulaba sus senos y con la otra comenzó a frotar la perla de su clítoris. La había puesto de cero a cien en segundos, pero él era el que estaba jadeando contra su oído mientras ella refregaba su culo contra su miembro rígido, resollando suavemente con cada caricia entre sus piernas.

Sus jugos corrían por la parte interna de sus muslos–. Me encanta como te mojas para mí –le dijo, sus dedos untados en su nata–. Tu coño también tiene hambre preciosa. Estás hecha agua– acelerando el ritmo de sus caricias–. Mira como te estás chorreando sobre mi mano, esa dulce crema bañando tus muslos. ¿Quieres que te llene ese coñito hambriento con mi verga? ¿Quieres que te lo meta todo hasta el fondo?

Las obscenidades que caían de su boca solo incrementaban la excitación que le producía. Diana gemía desesperada– ¡Sí, sí, por favor! ¡Lléname toda! –suplicó.

–Arrodíllate sobre la cama, que te voy a llenar con mi verga. Tú me pones así preciosa, me pones duro como una piedra, y ahora te voy a llenar a tope.

Diana estaba de manos y rodillas sobre la cama, sus pantalones abajo y su camiseta hacia arriba, la manera como la dejó desvestida a medias solo aumentó su morbo.

Su abertura se asomaba rosada y húmeda entre sus muslos, Alejandro posicionó su cabeza hinchada ante su raja y la sensación de perderse en su calor mientras su sexo engullía cada centímetro de su longitud lo estremeció como una tormenta eléctrica centelleando en su interior.

–¡Así! ¡Sí, así! ¡Qué rico me coges!

–Estás divina preciosa, quiero metértelo siempre.

Alejandro la embestía como una fiera, y Diana le daba encuentro a cada una de sus estocadas con la misma intensidad, echando las caderas para atrás para que se lo clavara tan fuerte como pudiera, el sonido seco de sus cuerpos chocando rítmicamente.

–Quiero que acabes sobre mi verga. Se te pone tan apretada cuando te corres mi amor. Tócate mientras te cojo.

Diana metió la mano entre sus piernas y encontró su nudo hinchado y resbaloso. Sus dedos deslizaron sobre su centro mientras Alejandro la agarraba por el culo, empalándola por detrás sin compasión.

Su clímax los cubrió como una avalancha, sus músculos contrayéndose al compás de su orgasmo. Alejandro se enterró hasta las bolas y permaneció quieto en su interior, su miembro pulsando con cada chorro de semen que vaciaba en ella mientras su canal succionó hasta la última gota de su placer.

CAPÍTULO 21

Diana se reacomodó la ropa, entrando antes al baño para asearse de la caudalosa evidencia que había quedado entre sus piernas.

Alejandro seguía semidesnudo, acostado sobre la cama; le dio unas palmadas al colchón, invitándola a acostarse a su lado.

–Prometo portarme bien –dijo con voz inocente; ella alzó una ceja incrédula, pero no pudo resistirse.

Estaban acostados, cada uno con la cabeza apoyada sobre el brazo mirándose a la cara.

La zozobra que rondaba por la mente de Diana no la dejaba en paz, y aunque no quería arruinar este momento soltó la pregunta que la acechaba–. ¿Y ahora qué pasa?

Alejandro no pilló la carga de aquella pregunta, por lo que simplemente respondió– Ahora descansamos hasta que nos llamen a comer.

La expresión de Diana ensombreció, y su gesto no pasó desapercibido.

–¿Qué pasa Diana? ¿Qué es lo que te preocupa?

–Todo… Nada… No lo sé… –exhaló frustrada–. No sé qué estamos haciendo. Y nadie mejor que yo sabe que mi situación es un poco complicada. No quiero ser una carga para ti y tampoco quiero que pierdas tu trabajo por mi culpa. Es un fin de semana largo, no eterno, la próxima semana tenemos que volver a la realidad. Yo necesito volver a clases y continuar con mi trabajo para la beca…

–Aunque no lo creas, he pensado al respecto. Y creo que tengo una solución.

Diana lo observó atenta, calladamente esperando a que continuara.

–Atendemos nuestras obligaciones en la universidad como siempre, sin revelar nuestra relación. Yo soy tu profesor y tu eres una alumna. La parada del autobús no está lejos de aquí, puedes ir y venir a tu conveniencia, y así no nos ven llegando y saliendo juntos de la universidad. Necesito sacar otro juego de llaves para que las tengas, pero hasta que las saque te puedes quedar con las copias de Axel– siguió hablando, pensando en voz alta, mientras tanto Diana lo escuchaba, muda de asombro.

Entonces Alejandro le preguntó– ¿Te parece bien?

–¿De verdad quieres que me quede a vivir contigo?

Alejandro la miró con absoluta seriedad– Yo sé que has pasado unas semanas muy difíciles últimamente, pero si tuvieras una habitación, un apartamento o una mansión en donde pudieras vivir en este momento, aún te pediría que te quedes a vivir conmigo. –La acercó hacia él y enredó una pierna entre las suyas, sus rostros a pocos centímetros de distancia–. No sé qué me has hecho Diana, pero me he vuelto adicto a ti. Tantas fantasías que has despertado, y ahora, que te tengo realmente aquí, no lo puedo creer, en cualquier momento voy a despertar solo en mi cama y todo esto ha sido un sueño.

Diana lo besó conmovida y preguntó– ¿No es muy rápido esto? ¿Todo lo que ha sucedido entre nosotros?

–Creo que lo que existe entre nosotros ha sido una bomba de tiempo que venía en cuenta regresiva desde hace meses, por lo menos para mí lo ha sido. No sé si aquella noche en el bar mi subconsciente te reconoció detrás del antifaz, es la única explicación racional que le doy a la manera en que reaccioné cuando me besaste. Y lo cierto es que desde la primera vez que entraste a mi clase, me gustaba mirarte, eres una mujer hermosa. Cuando abres la boca para intervenir, me deslumbras una y otra vez con tu inteligencia y perspicacia; pero lo que selló la atracción prohibida que he sentido por ti fue el día que ese chico…, ese que tiene unas algas tatuadas en el brazo, en fin, el que preguntó…

–Cómo podía aprender a escribir código *Python* en una noche– dijeron simultáneamente. Diana se acordó de ese día, y así como ese día, no pudo contener la risa; entre carcajadas dijo– y tú le dijiste que se fuera al Polo Norte, que allí una noche duraba seis meses.

Alejandro sonreía de oreja a oreja, su risa música a sus oídos. Cuando Diana paró de reír le preguntó– ¿y eso qué tiene que ver?

–Qué tú fuiste la única que se rio con mi respuesta.

–Sí, creo que desde ese día no le agrado mucho a Eugenio.

–El caso es que la risotada tan espontánea y desinhibida que soltaste aquel día, por algo que había dicho, fue un momento agridulce para mí, porque de no ser mi alumna… te hubiese invitado a tomar un café en ese momento.

Un torbellino de mariposas se arremolinaban en el pecho de Diana, el hecho de que este hombre, a quien admiraba y respetaba desde la primera clase que vio con él, quería que vivieran juntos en su casa y que mantuvieran su relación un secreto, porque le importaba más que estuvieran juntos a desechar la relación, la tenía por las nubes.

Sumado a ello que la química sexual entre los dos era absolutamente explosiva, y que estaba explorando con él los límites desconocidos de expandir sus experiencias sexuales al territorio tabú de intimar con más personas simultáneamente, era mucho qué absorber en poco tiempo, pero al menos era algo que la hacía sentir bien.

Se preguntaba qué pensaría su tía al saber de esta nueva y atrevida faceta en su vida. Sonrió pensando en ella, seguro le diría "al que no está invitado no le tiene que ¡importar un pepino con quién te desvistes! Es tu cuerpo, y tú haces lo que te guste y lo que te haga feliz."

Había momentos que la extrañaba tanto que sentía el corazón estrangulado en su pecho. Respiró como le había enseñado Sonya, manteniendo a raya la nostalgia abrumadora que amenazaba con ahogarla. Contempló a Alejandro, reconfortada en el cálido color avellana de sus ojos. Sentía como los suyos amenazaban con desbordar sus emociones encontradas, la alegría de estar a su lado, de contar con un apoyo, refugio y afecto; y la tristeza de no poder compartir esta alegría con su tía.

–¿Qué está pasando por tu cabeza?

–Que me siento demasiado feliz de estar contigo, pero también triste… Sé que le hubieras agradado a mi tía.

Alejandro la envolvió en un abrazo y luego le hizo preguntas en las que ella recordó los momentos más felices que vivió con su tía Marta.

CAPÍTULO 22

–¡La comida está lista!

Diana y Alejandro se levantaron de la cama al oír el llamado de Sonya.

El aroma de pescado frito despertó el apetito de Diana con un gruñido de su estómago. La mesa estaba puesta para cuatro, la colocación de los platos, los manteles individuales y las servilletas resultaba un atractivo diseño de colores y geometría.

Alejandro se sentó e indicó la silla entre él y Sonya; Axel caminó a la mesa con un gran plato repleto de filetes de pescado que había dorado en el sartén. El novio de Sonya resultaba intimidante a simple vista, la combinación de su estatura de dos metros y su masa muscular hacía que todo a su alrededor se viera pequeño. Colocó el plato en el centro de la mesa y se sentó en la silla libre frente a Diana.

–Adelante. –Su voz gruesa parecía tan ruda como su apariencia, pero la amable sonrisa que le ofreció suavizaba la energía peligrosa que irradiaba.

–Gracias, esto se ve delicioso –dijo Diana llenando su plato con dos filetes crujientes, arroz blanco y humeante sobre el cual la mantequilla teñía de amarillo por donde se derretía, y medio aguacate con aceite de oliva y sal relleno de tomate y cebolla picada.

–Ahora lamento aún más que no bajé a ayudarte –le dijo a Sonya después de probar el primer bocado. –Necesito aprender a cocinar algo así, éste es el mejor pescado que he comido.

Alejandro dijo– si quieres aprender a poner la mesa y lavar los platos Sonya es la maestra, pero el rey del pescado frito y todo lo demás que estás comiendo es Axel.

Diana alzó las cejas y miró a la otra pareja.

–Es cierto –dijo Sonya–. Si no fuera por mi hombre que hace de la comida una obra de arte, yo viviría de pan, queso y frutas.

–¿Cómo aprendiste a cocinar así? –preguntó Diana intrigada.

–Mi madre –respondió, la ternura en su rostro evidente–. El mundo se podía estar cayendo a pedazos, pero todo lo malo pasaba a segundo plano cuando estaba cocinando. Solía escapar a la cocina y acompañarla cada vez que podía. Me daba cosas que hacer, enseñándome lo que hacía y por qué, explicando sus trucos e inventos.

–¿Y cuál es el secreto de este pescado?

–El secreto del pescado frito es exprimir un limón en un

plato hondo, ponerle dos a tres cucharaditas de sal, mojar el filete allí y luego empanizarlo con harina de maíz. Y tienes que dejarlo en el sartén hasta que quede dorado.

–¡Vaya! ¡Pues está estupendo! –replicó.

Sonya alzó su copa con vino blanco y dijo– ¡Por el cocinero que más quiero!

–¡Salud! –brindaron los demás.

Después de la deliciosa comida, las dos parejas seguían sentados en la mesa conversando y bebiendo vino. Alejandro y Diana estaban recordando algo gracioso de la universidad, riendo con la anécdota cuando escucharon el innegable *clic* de una foto. Al mirar a Sonya, vieron que ella tenía su teléfono móvil en las manos.

–Se ven demasiado lindos juntos –dijo con alegría al extender la mano y mostrarles la foto que les había sacado.

En la imagen se veían los dos, riendo con la naturalidad que solo se captura durante el momento sin posarlo, y la forma en que se miran, delatando su mutua adoración.

–Ahora me das tu número y te lo paso –dijo Sonya recuperando su teléfono.

–Pero ni se te ocurra publicarlo en las redes Sofi. Sabes

que hasta que Diana se gradúe, nadie puede enterarse de nuestra relación.

–Yo sé Ale, ¿acaso me crees tan tonta?

–Solamente quiero que quede absolutamente claro. No quiero arriesgar la beca de Diana por mi culpa.

–Y tu trabajo –añadió Diana agarrando su mano.

–También creo que deberías evitar contárselo a tus amigas –agregó Axel.

–Eso no será un problema –respondió Diana en tono casual–. La verdad es que no he tenido muchas amistades que digamos, al menos amistades con personas de carne y hueso con quienes compartes el mismo espacio físico. Los amigos, o a quienes considero mis verdaderos amigos, los he conocido en línea. Más que nada jugamos juntos y conversamos mientras hacemos una misión o algo así. Tampoco tengo cuentas de redes sociales, tuve una experiencia desagradable en bachillerato…

–¿Qué pasó? –preguntó Sonya con curiosidad.

–Disculpa a Sonya –dijo Axel mirando a su chica con reprimenda–. Sí no se hubiera dedicado al diseño de ropa y al yoga, hubiera sido periodista, no puede dejar de hacer preguntas.

Diana lo desechó con un ademán de la mano–. No es

problema, fue algo que pasó hace tiempo. Cuando estudiaba en secundaria, las chicas que creía que eran mis amigas demostraron que definitivamente no lo eran. Tenía alrededor de 14 años, y fue cuando mis pechos crecieron. Se sintió como si ocurrió de la noche a la mañana. Así que repentinamente dejé de ser la chica con sonrisa de robot… usaba aparatos –explicó señalando sus dientes perfectos–, a ser la chica con las tetas. Los chicos empezaron a darse cuenta de que existía y mis *amigas* tomaron el desarrollo de mi cuerpo como una ofensa personal.

–No eran más que unas envidiosas –dijo Sonya.

–Pues sí, tanto así que en una fiesta en casa de alguien, mis dos *mejores amigas* se concentraron en hacerme beber tanto que me emborraché. Me filmaron haciendo el ridículo en la fiesta, y no dejaron de grabar cuando estaba vomitando hasta el alma en el baño. Ellas publicaron los videos y fotos en sus redes, etiquetándome y humillándome para que todo el colegio supiera.

–Con amigos así quién necesita enemigos –murmuró Axel.

–¡Pero qué malditas! –exclamó Sonya indignada.

–¿Y luego qué pasó? –preguntó Alejandro en tono sombrío–. ¿Le dijiste a tu tía o algún profesor del colegio?

–No –dijo Diana bebiendo un gran sorbo de vino–. Decidí vengarme.

–¿Sí? ¿Qué le hiciste a esas cerdas envidiosas? –preguntó Sonya emocionada.

–Sus cuentas de redes sociales fueron misteriosamente *hackeadas* y remplacé todas sus fotos y comentarios con imágenes alteradas de cada una haciendo cosas vergonzosas, –dijo con tono maliciosamente satisfecho.

–¡¿Qué?! ¡No me jodas! ¿Cosas vergonzosas como qué?

–Como decidieron traicionarme de esa manera simplemente porque me crecieron las tetas antes que a ellas, puse fotos de cuerpos de chicos con sus caras y escribí estados y comentarios como "una chica sin tetas es un amigo más" o "llámame purope... Puropezón."

Axel soltó una carcajada antes de decir– ¡Vaya! Los adolescentes tienen su propio estilo de cruel, lo había olvidado.

–Sí, lo somos.

Axel alzó una ceja inquisitiva.

Diana hizo una mueca y continuó– al principio me hizo sentir bien al ver como ellas pasaron a ser el foco de las burlas, pero después de unos días, entré al baño de chicas y encontré a María Fernanda llorando, alguien había llenado su casillero con servilletas y una nota que decía algo grosero acerca de rellenar su sujetador. Cuando vi lo mal que se sentía, me di cuenta que en realidad eso no me hacía sentir mejor. Recordé lo mal que me sentía cada vez que alguien me señalaba con el dedo en el pasillo, o cuando grupos de estudiantes hacían gestos grotescos de beber y vomitar. Después de eso volví a entrar a sus cuentas y borré todas esas cosas crueles que había publicado; también borré mi cuenta y más nunca volví a abrir una. Por el lado bueno, ellas no volvieron a insultarme o meterse conmigo, pero tampoco volvimos a ser amigas; y desde ese entonces siempre mantuve distancia con mis compañeros de clases, tanto en el cole como en la universidad.

–Pues al menos aprendieron lo que era estar en tus zapatos al volverse el objetivo de burlas tontas. Y tú aprendiste a no volver a confiar en alguien… –dijo Axel.

–Pareciera que cada vez que confío en alguien solo termina mal… –murmuró nerviosa, mirando a Alejandro de reojo.

–No siempre termina mal. Solo tienes que aprender a escoger bien. –dijo Alejandro en voz suave acariciando su mano.

–¿Cómo aprendes a escoger bien? –preguntó con tono derrotado.

–Dándole tiempo al tiempo y observando cómo se

comportan las personas cuando triunfas, pero sobre todo cuando fracasas –dijo Axel respondiendo a su pregunta.

Diana se quedó pensativa, su mente dándole vueltas a lo que le había sucedido desde chocar contra su profesor enmascarado aquella noche. Una y otra vez había estado allí para ella, sin exigirle nada, simplemente ayudándola, tratándola con tanto cariño y respeto que era algo desconocido por su propio aislamiento. Sus referencias de relaciones con otras personas se habían limitado a las experiencias negativas que había vivido, y en base a eso generalizaba a todo el mundo.

Diana volteó a mirar a Alejandro, su alma llena de esperanza, pero su mente aún incrédula de que algo así de bueno pudiera ser verdad.

Alejandro la miró directamente a los ojos y le dijo– pase lo que pase, jamás traicionaré tu confianza Diana, te lo prometo.

Ella le regaló una pequeña sonrisa–. Gracias, yo prometo no traicionar tu confianza tampoco.

Sellaron su promesa con un beso.

Entonces Sonya tomó la otra mano de Diana y le dio un apretón.

–Yo te prometo que seré una amiga verdadera, y tampoco traicionaré tu confianza. –Diana se sintió momentáneamente incómoda por esta repentina lluvia de afecto al sentir el abrazo de Sonya, pero sabía que estaba agradecida por estas nuevas personas en su vida. Quizás su nueva relación con su profesor no era bien vista, y la amistad poco común que estaba creciendo entre ellos sería el objetivo de mil críticas, pero lo cierto es que no recordaba cuándo había sido la última vez que se sintió tan feliz y a gusto.

Le devolvió el abrazo, y la pelirroja traviesa que nunca dejaba una oportunidad pasarle de largo le dijo– a mí también me gustaría un beso.

A lo que Diana rio y besó los labios suaves y carnosos de Sonya.

–La sangre solo hace parientes, la lealtad hace la familia– dijo Axel alzando su copa–. Aquí no vivirás una experiencia como la que nos acabas de contar, aquí somos todos para uno y uno para todos. ¡Salud!

–¡Salud! –exclamó una tras el otro, la energía del ambiente teñido de aprecio.

–Vamos a la sala, tengo una película que estoy seguro que todos vamos a disfrutar –dijo Alejandro con tono misterioso.

CAPÍTULO 23

La tecnología disponible en la casa de Alejandro era de punta. El televisor pantalla plana que ocupaba la sala era enorme, por lo que las imágenes que dominaron el espacio resultó más impresionante.

Los cuatro se sentaron en el sofá, las dos mujeres en el centro; Alejandro operaba el televisor con su móvil, e instantes después Diana veía cuatro cuadros en la pantalla, cada uno un ángulo diferente, la toma de cada cámara que Alejandro tenía en el jardín. Estaba viendo lo que había sucedido esa mañana en la piscina. Observar en tercera persona cómo Sonya tocaba su cuerpo mientras le enseñaba las secuencias de yoga la estremeció; y aunque sabía que la empujaría al agua en cualquier momento, su corazón latió asombrado al verlo suceder.

Cuando se estaban besando voraces en la piscina, el corazón de Diana no era lo único en su cuerpo que palpitaba. La perla de su clítoris latía entre sus piernas, excitada al verse a sí misma y a Sonya, besándose en la pantalla, sus manos explorándose mutuamente.

El efecto de aquellas imágenes avivaba el fuego en cada uno de ellos. Sonya acariciaba el muslo de Axel, su mano cada vez más cerca de la erección que prensaba contra sus pantalones, mientras la mano de él jugaba con la liga elástica de las mallas de su mujer.

Diana acariciaba el miembro rígido de Alejandro por encima de la tela, la mano de él ya se había aventurado bajo su camiseta y jugaba con las suaves colinas de sus pechos.

Las escenas en la pantalla se volvían cada vez más intensas, el deseo se caldeaba en la sala. Cuando Diana volteó la mirada a la izquierda, Axel acariciaba el cabello rojo de Sonya mientras su cabeza subía y bajaba rítmicamente sobre el regazo de su amante fornido.

–¿Qué te gustaría hacer? –le susurró Alejandro al oído sin dejar de explorar sus curvas con la mano.

Diana se mordió el labio inferior y le dijo en voz baja– me gustaría saber a qué sabe… *Ella*.

–Me encantaría ver eso –replicó Alejandro– pero antes déjame aliviarte de tanta ropa.

La desnudó en movimientos fluidos, dejándole puesta únicamente la tanga negra. Sus ojos apreciaron las voluptuosas curvas de su alumna, la besó sensualmente antes de seguir contemplando sus movimientos a medida que se acercaba a la pelirroja.

Deslizó las manos por sus muslos hasta las caderas, Sonya reaccionó arrodillándose sobre el mueble, realzando el corazón que dibujaba sus nalgas en esa posición.

Diana acercó el rostro a su centro, inhalando su

fragancia femenina a través de la delgada tela de su ropa. Sonya gimió alrededor de la verga de Axel que entraba y salía de su boca, estremecida por la acción sutil e íntima de la morena, deseosa de que la liberara de su vestimenta. Su deseo se realizó momentos después, Diana deslizó las prendas por sus piernas hasta quitárselas por completo, revelando su sexo húmedo que parecía un fragmento de fruta madura entre sus muslos.

El aroma de su excitación la atraía, y cuando recorrió su abertura de un extremo a otro Sonya sintió escalofríos de gusto vibrar bajo su piel. Diana exploraba su sexo con la lengua, con cada lamida descubriendo el sabor cítrico de sus jugos, la textura de sus pliegos, lisos y tersos mientras más penetraba su sexo, carnosos y plegados por fuera. La perla hipersensible en el ápice de su raja era deliciosa, pequeña, hinchada, que arrancaba más vocalizaciones de placer de la pelirroja cada vez que Diana la lamía.

Sonya restregaba su coño contra la cara de Diana, el vaivén de sus caderas moviéndose instintivamente mientras se tragaba el miembro erecto de Axel hasta el fondo de su garganta.

Alejandro se había desnudado y contemplaba como Diana le hacía sexo oral por primera vez a una mujer, la imagen de la cadena que se había armado era una imagen que transformaba su sangre en fuego ardiendo en sus venas.

Axel alzaba las caderas levemente del mueble, follándose el rostro de Sonya que lo chupaba con gula, cada vez más frenética por la boca de Diana que no dejaba de lamerla.

Alejandro estaba tan duro que no podía ver más aquel espectáculo sin participar, por lo que se arrodilló detrás de Diana, corriendo el hilo negro de su tanga para revelar su coño impregnado con la crema de su deseo.

Separó sus labios resbaladizos y enterró su longitud hasta el fondo de su apretado canal, provocando un gemido complacido que se mitigó contra la carne de Sonya.

–Te quiero coger mientras Diana te la chupa –dijo la voz gruesa de Axel.

–Mmmm, sí, yo también quiero hacer eso –contestó Diana.

Sonya se levantó del sofá para que Axel se acomodara; apoyó la espalda del apoyabrazos del mueble, su miembro surgiendo como un roble entre sus piernas cerca del rostro de Diana, que estaba de manos y rodillas mientras Alejandro seguía entrando y saliendo del cálido abrazo de su sexo. Sonya entonces se sentó sobre la masa inexorable de su cuerpo, ella apoyando la espalda sobre su pecho, sus piernas torneadas abiertas sobre las de él, posicionando su raja justo detrás de su verga; Diana nunca le había hecho sexo oral a otro hombre antes que a Alejandro, y ahora estaba a punto de probar a otro, mientras su novio no dejaba de cogerla y después de haberse llenado la boca con la esencia de otra mujer.

Sacó la lengua y con la punta trazó la hombría de Axel desde la base hasta su cabeza, donde envolvió su glande hinchado con los labios, percibiendo su aroma masculino, pero distinto al de Alejandro. Su tallo no era tan largo, pero sí era más grueso, Diana se lo chupó mientras Sonya seguía agazapada sobre él.

Cuando Diana lo retiró de su boca, Sonya posicionó su raja hambrienta sobre la corona hinchada de su verga, devorando su grosor centímetro a centímetro. Diana contempló de cerca la visión deliciosamente obscena de los labios rosados de su amiga estirados alrededor del sexo hinchado de Axel. Sonya subía y bajaba lentamente, lubricando su asta con sus jugos. Parecía una flor abierta, y allí encima del tronco que la estiraba, Diana vio el nudo de su clítoris. Su lengua lamía y lamía la perla entre sus pliegos mientras Axel estiraba su abertura. Diana resolló al sentir la mano de Alejandro hallar el clítoris de ella, sus dedos resbalando sobre el ápice de su raja que embestía una y otra vez.

Los cuatro se ondulaban en armonía cadenciosa, Axel manoseaba las tetas de Sonya, pellizcaba y retorcía sus pezones mientras ella rebotaba sobre su verga, adentro y afuera la embestía, Diana consumida entre lamer y chupar el clítoris de Sonya y las bolas apretadas de Axel. Alejandro empotrando a la morena por atrás, todos cada vez más cercas al clímax, urgidos por la sublime conexión decadente que protagonizaban una vez más.

Diana fue la primera en caer por el precipicio del éxtasis, su lengua lamiendo desesperadamente el clítoris de Sonya mientras gemía contra su sexo, detonando la cima de placer de la pelirroja, quien sacudió las caderas, presa del orgasmo que contraía cada músculo de su cuerpo, succionando el miembro en su interior involuntariamente, recubriéndolo con su crema para mezclarse con el chorro de semen blanco y espeso que vació chorro tras chorro en ella. Diana se estremeció al sentir la verga de Alejandro hincharse aún más en su interior instantes antes de inundarla también con su esencia caliente y viscosa.

CAPÍTULO 24

Diana, siendo nueva a este tipo de encuentros, sentía los párpados pesados con sueño. Los cuatro se habían desenredado de su abrazo, Sonya y Diana cada una recostada de su compañero. La televisión ahora transmitía un programa cotidiano, pero Diana no lograba mantener los ojos abiertos, el sueño apoderándose de ella.

Con movimientos calculados Alejandro la apretó contra él y se levantó del sofá con ella en brazos. Le guiñó el ojo a modo de despedida a sus amigos, quienes le sonrieron al verlo irse con la mujer que lo había cautivado y se había sumergido con ellos a la amistad tan especial e íntima que compartían.

Diana despertó horas más tarde, se había dormido cuando aún era de día y ahora veía que en el cielo reinaba el indiscutible tono del crepúsculo. Su estómago gruñó con hambre, sin duda tanto ejercicio le incrementó considerablemente el apetito.

Alejandro dormía profundamente a su lado, sonrió al contemplar su expresión serena, el foco de alegría que irradiaba en su pecho la calentaba desde adentro, arropándola como un manto, la sensación feliz y segura que la embargaba le resultó invaluable.

Se vistió con una camiseta y pantalones cortos, al entrar

a la cocina se sorprendió al oler el delicioso aroma de café recién hecho, le encantaría beber una taza por la tarde, acompañada por alguna merienda. El reloj del microondas marcaba las 7:00. Al fin y al cabo, para Diana nunca era demasiado tarde para beber café.

Encontró unos ponquecitos de vainilla en la despensa y cogió uno. Prácticamente se lo había devorado en tres mordiscos camino al jardín. Se sorprendió al ver a Sonya haciendo yoga sobre su esterilla al borde de la piscina, los recuerdos de lo que sucedió entre ellas serpenteó en su interior.

Diana estaba sentada contemplando las formas y figuras que hacía su amiga hasta que concluyó con las manos en forma de oración en el centro de su pecho. La pelirroja se acercó hasta ella, sus mejillas sonrosadas por su esfuerzo.

–Buen día bella durmiente –la saludó con una sonrisa y un beso afectuoso en cada mejilla.

Diana sonrió al responder– sí, me cayó de maravilla la siesta, creo que dormí como unas cuatro horas.

Sonya la miró con una mueca bastante cómica en el rostro– ¿Cuatro horas? Creo que querrás decir 15.

–¡¿Qué?! ¿De qué vas?

–Son las siete de la mañana, cariño. Dormiste corrido hasta el día siguiente.

–¡No me jodas!

–¿A que no? Mira –Sonya tomó su teléfono móvil de la mesa y le enseñó la fecha. Efectivamente era el día siguiente.

–Pero… ¡¿Cómo he podido dormir tanto?!

–Hay que darle al cuerpo lo que pide ¡y punto! –dijo asertiva– Hablando de cuerpos… Anoche mientras dormías le propuse a los chicos que hoy pasáramos el día juntas haciendo cosas de chicas. Qué te parece si nos vamos al spa, nos hacemos masajes, vamos al sauna, que nos hagan las manos y los pies, y luego vamos a una boutique a comprarnos algo súper sexy para cenar con ellos esta noche. ¿Te gustaría? –preguntó emocionada.

–Bueno… Es que…

–Te lo juro que la pasaremos genial –insistió Sonya.

–No es eso Sofi, estoy segura de que sería muy divertido…

–Entonces, ¿cuál es el problema?

–No tengo como pagar una salida así –dijo Diana con vergüenza.

–No te preocupes por eso guapísima. Yo invito.

–No Sonya, me da vergüenza.

Sonya extendió los brazos y tomó las manos de Diana en las suyas–. No, por favor no hagas eso. No vamos a dejar de disfrutar por un sentimiento tan desanimado como la vergüenza. Ya mañana Axel y yo volveremos a casa, y como estoy con el lanzamiento de una nueva colección de ropa no tendré mucho tiempo para compartir juntas. Así que compláceme a mí, complace a los chicos, y déjate consentir un poco, ¿vale?

–Está bien. Pero es un préstamo, te lo pagaré de vuelta.

–¡Ay! ¡Déjate de tonterías, mujer! Ya verás que antes de lo que te imaginas tendrás el trabajo de tus sueños y serás tú la que me invite a salir a mí.

Diana sonreía y asentía con la cabeza–. Eso suena genial. Espero que así sea.

–¡Claro que sí! Adueñate de tu destino, sin importar lo que te lance la vida.

Diana la miraba maravillada– ¿Siempre has sido así?

–¿Así cómo?

–¿Así de optimista?

Sonya se encogió de hombros y miró pensativa hacia el agua azul y apacible de la piscina–. Creo que aprendí a ser optimista –su tono parecía melancólico; pero luego volvió la chispa dinámica de aquella pelirroja vivaz–. Pero siempre he sido ¡más terca que una mula!

–O sea, que no habría manera que te rechazara la invitación de hoy.

–En absoluto –sus ojos verdes centelleando–. Así que ¿vamos? ¿o vamos?

Diana soltó una risa divertida antes de responder– Vamos.

CAPÍTULO 25

El día de chicas era sin duda uno de los días que Diana más había disfrutado hasta el momento. La conversación entre ambas mujeres fluía como agua, libre de silencios incómodos que buscan ser llenados con comentarios acerca del clima.

Sonya la había llevado primero a un sitio para que desayunaran, y allí, entre bocados, café y jugos Diana conoció la impactante historia de Sonya. Su mente aún no procesaba por completo la novela de cómo Axel y ella terminaron juntos y cómo lograron superar los obstáculos y dificultades en su camino. No le cabía duda que la historia de Axel y Sonya *era algo digno para un libro*, y Diana estaba agradecida por su confianza.

La morena nunca había ido a un spa, así que estaba sorprendida cuando las recibieron con una copa de vino espumante e inmediatamente les ofrecieron unas suaves zapatillas a cambio de sus zapatos deportivos.

Tras un baño en el jacuzzi, acompañado por otra copa de espumante, Diana siguió las instrucciones de Sonya cuando dijo que debían darse una ducha de agua fría antes de ir al sauna.

Las dos mujeres tenían piel de gallina y los dientes de Diana castañeaban entre maldiciones burlonas que le dirigía a la pelirroja, diciendo que toda la relajación del jacuzzi se había ido por la cañería junto con el agua fría de aquella tortuosa ducha.

Sonya simplemente se carcajeó y la guio hasta la puerta de listones de madera clara. El contraste entre temperaturas asaltó el cuerpo de Diana, el intenso calor seco dentro del sauna borró inmediatamente el frío de su piel.

Se sentaron lado a lado sobre el banco inferior que ocupaba la longitud de una pared hasta hacer esquina con forma de L hasta la otra. Ambas llevaban la toalla blanca del spa anudadas sobre el pecho, pero en segundos dejaron la tela blanca caer sobre el banco de madera, quedándose en traje de baño.

–Es aún mejor si nos quitamos los bikinis –dijo Sonya casualmente mientras se desamarraba el nudo sujetado en su nuca.

–¿Y si entra alguien?

–Estamos en el vestidor de mujeres, aquí no es mal visto disfrutar del sauna desnuda.

Diana asintió pero no se quitó su traje de baño.

–Pero si te hace sentir más cómoda, reservé este espacio para uso privado durante nuestros quince minutos.

Apaciguada que una desconocida no iba a entrar y verla en su traje de cumpleaños, Diana se quitó el bikini.

Un silencio eléctrico reinaba ahora entre las dos mujeres.

Nerviosa, Diana empezó a hablar– gracias por esto. Tenías razón, me he divertido mucho.

Sonya trazó la línea de su hombro, esparciendo las gotas de sudor que perlaban su piel en una caricia suave y sugestiva.

–Nunca había sentido esto con alguien, quiero decir con una mujer. ¿Axel y Alejandro hacen esto?

Sonya alzó la comisura del labio divertida y negó con la cabeza–. No, ellos no sienten atracción por su propio sexo. Hay algunos hombres que sí, que comparten íntimamente como nosotras hemos compartido, pero ni Alejandro ni Axel sienten la inclinación.

–¿Y por qué nosotras sí sentimos este deseo? ¿Esta atracción?

–No lo sé –respondió Sonya, ahora besando el cuello de Diana con apetito sensual–. Solo sé que hay oportunidades muy especiales donde conoces a alguien con quien tienes una conexión inevitable. Hay personas que conoces toda la vida y no sientes la comodidad ni la confianza de confesarle ciertas cosas, pero entonces conoces a alguien que a primera vista, primera conversación, primer beso, sientes que conoces en un nivel tan singular que es imposible no atraerse como un imán.

Los labios de Sonya hallaron la boca de Diana, fusionándose en un beso sensual. La proximidad de sus cuerpos incrementaba el calor en el sauna. Diana no entendía la naturaleza de su atracción por Sonya, pero su belleza despertaba algo nuevo en ella, sus caricias que descendían por su clavícula hasta su pecho la tenían jadeando, la provocadora intrusión de su lengua en su boca mientras se besaban la estremecía por completo.

Las yemas de Sonya apenas rozan el pico erguido de su pezón, como un suspiro apenas perceptible que despierta un anhelo profundo dentro de Diana, el anhelo de que sus manos recorran cada centímetro de su piel, y que el camino de sus manos lleguen al núcleo que palpita entre sus piernas.

El calor le hace pensar que está en un sueño, pero la mano de Sonya baja desde sus senos, pasando por su abdomen hasta alcanzar el triángulo de su sexo. Diana abre las piernas, el sudor cubre sus cuerpos y la humedad que fluye desde su abertura la hace sentir que es completamente líquida. Pero su boca sigue firme, los latidos de su corazón cada vez más rápidos, enreda las manos en el cabello rojo de Sonya cuando penetra su entrada con dos dedos, alivio desesperado corriendo por sus venas al ver su anhelo materializado y necesitada de más, de que sus caricias en su centro se conviertan en las llamas que siente que son.

Diana está gimiendo mientras Sonya mete y saca sus dos dedos pecaminosos de su hendidura resbaladiza, y repentinamente piensa que ella quiere hacerle lo mismo.

Al notar la intención de Diana cuando soltó su cabello, Sonya arrima las nalgas hacia el borde del banco, deslizando sobre la toalla blanca y separa las piernas. Sus pliegos se entreabren, más que dispuestos a dar bienvenida a los dedos curiosos de Diana. El dedo medio de la morena esparce la humedad de la pelirroja y en una fluida estocada entierra dos dedos en su canal.

Las dos mujeres ajustan sus posiciones, están sentadas hombro a hombro, el brazo de cada una masturbando a la otra, dibujando una X entre sus torsos.

Sus dedos hacen ruidos jugosos a medida que se traspasan, ondulan sus caderas de adelante hacia atrás, una cadencia erótica producida por el placer que se provocan mutuamente. El aire caliente las envuelve, la mezcla de sudor y sus jugos empapando las toallas bajo sus nalgas, el sauna está impregnado con el olor de madera tostada y su esencia femenina, sus gemidos rebotando contra las paredes del espacio encerrado.

Los dedos de Diana escapan del abrazo caliente del coño de Sonya para hallar la perla hinchada en el ápice de su raja, frota su nudo hambriento en movimientos circulares, acelerando el ritmo cuando la respiración de la pelirroja se vuelve más violenta. Su pelvis se sacude bajo su tacto y un grito estrangulado surge de su garganta a medida que el clímax se apodera de ella.

Cuando Sonya recupera la razón que había quedado ofuscada por la ola de placer que la ahogó momentos atrás se baja del banco, poniéndose de rodillas sobre el suelo. Inclina su rostro directamente entre las piernas de

Diana, su boca besando y lamiendo su abertura. La crema cítrica de su esencia y el sabor salado de su sudor invade su paladar a medida que se llena con sus jugos.

Diana se estremece y sus jadeos vocales escalan tanto que alguien afuera podría oírlas; cuando envuelve su clítoris con los labios y chupa a la vez que provoca su perla con la punta de la lengua, el orgasmo de Diana rompe la barrera que la mantenía a raya. Su cuerpo se sacude y Sonya se aferra a ella sin soltarla, bebiendo el néctar que surge de su orgasmo, corriendo por su mentón como cuando muerde una naranja jugosa.

Aturdidas por la descarga sensual y el calor envolvente, salen del sauna, nuevamente ataviadas con sus trajes de baño y toallas empapadas. Llenando sus pulmones con aire fresco se enrumban hacia las regaderas para ducharse antes de sus tratamientos de belleza programados, una sonrisa cómplice y traviesa entre las dos.

CAPÍTULO 26

–¡Eso te queda fabuloso! –exclamó Sonya al ver a Diana salir del vestidor, el vestido azul eléctrico realzando sus curvas y exaltando el brillante color de sus ojos.

–Es precioso, pero ¿estás segura que me queda bien? No es exactamente mi estilo.

–Nada de eso, un buen vestido y los tacones adecuados le quedan bien a cualquier mujer. Todo se trata del corte. Además, el estilo *vintage* te queda a la perfección, pareces una modelo *pin–up*.

–Gracias –sonrió halagada por el cumplido de su amiga–. Ese color te queda espectacular.

Sonya sonrió y se dio una vuelta, la tela esmeralda realzando sus ojos y contrastando con el rojo fuego de su cabellera.

–Ya estamos casi listas para volver a cenar con los chicos.

–¿Casi? Qué falta?

–Lo que llevaremos *debajo* de estos vestidos –dijo con tono travieso.

La casa estaba impregnada de una fragancia deliciosa, las dos mujeres encontraron a Axel en la cocina. Recién estaba apagando el fuego y las ollas estaban cubiertas para mantener la comida caliente.

–Llegaron justo a tiempo –dijo Axel y se giró para encarar a las chicas.

Sus pupilas se dilataron al ver a Diana y Sonya. Su mujer llevaba el cabello suelto y lustroso, sus ondas cayendo sobre sus hombros hasta rozar su cintura ceñida en un vestido esmeralda que abrazaba las curvas de sus caderas hasta las rodillas. Las medias que envolvían sus piernas eran de un encaje ornamental que hacía juego con la gargantilla del mismo material que rodeaba su cuello y bajaba como un ancla entre sus pechos. Los altos tacones negros con suela roja le incrementaban su estatura por unos diez centímetros, pero aun así su cabeza no llegaba hasta la clavícula de Axel.

Alejandro entró a la cocina, y al igual que su amigo, admiró a las dos mujeres después de su día de chicas.

Dónde el vestido de Sonya abrazaba sus curvas, el vestido de Diana contaba con una falda acampanada que se estrechaba en su cintura, el escote en V atraía la mirada a su busto, no sólo por el escote, sino la decoración de cintas negras que evocaban los barrotes de una jaula que contenían sus voluptuosos senos.

–¿Les gusta? –pregunta Sonya en tono coqueto, tomando a Diana de la mano para darle una vuelta y luego ella, luciendo sus atractivos atuendos.

–Están bellísimas –dice Alejandro sin dejar de apreciarlas.

–Creo que esta noche deberíamos empezar con el postre –dice Axel.

–Eso suena bien –responde Diana–. ¿Qué hay de postre?

–Ustedes dos – replica con una sonrisa hambrienta en su rostro.

Una sonrisa complacida ilumina su semblante y Sonya dice guiñándole el ojo a Diana–. Vale, pero tengan mucho cuidado con el envoltorio.

Los dos hombres se desvistieron rápidamente, pero las mujeres se tomaron su tiempo.

Sonya le dio la espalda a Diana, quien bajó la cremallera de su ajustado vestido verde. El encaje de su escote que parecía hacer juego con el de sus medias en realidad era una malla de cuerpo entero que se ceñía a sus curvas como una segunda piel, solo que las aberturas del encaje estaban estratégicamente colocadas, dejando precisamente expuestos sus pechos y su entrepierna.

Axel sentía su erección completamente rígida entre sus piernas, su boca hecha agua al querer devorar a Sonya en aquella ropa interior tan provocadora. Cuando su pelirroja se giró para bajar la cremallera al vestido de Diana, sintió su verga pulsar con deseo al deleitar su vista con la grieta entre sus nalgas descubierta mientras que el resto de su figura estaba envuelta en la prenda transparente.

Al igual que Sonya, Diana ostentaba un malla de cuerpo completo, el material entrecruzado la envolvía completamente, las medias de malla que subían por sus piernas llegaban hasta la mitad de su muslo, la liga circulando varias veces y las líneas de tela negra subiendo sobre sus caderas y envolviendo su cintura, entrecruzado sobre su pecho, las cintas negras abrazando alrededor de sus senos, dejándolos obscenamente expuestos con aquella lencería que parecía amarrarla y exhibirla al mismo tiempo.

Las manos de Alejandro ardían por tocarlas, la ausencia de tela cubriendo sus senos y el triángulo de su sexo cuando la prenda cubría todo lo demás le despertaba un morbo salvaje, hambriento de su cuerpo, Alejandro tomó su rostro entre sus manos y la besó con voracidad para luego adorar las suaves colinas de sus tetas con la boca, sus manos recorriendo sus curvas hasta hallar su humedad, separando sus pliegos con el dedo y deslizar hacia adentro.

Alejandro le metía y sacaba el dedo, comiéndose sus tetas a la vez que Axel se había puesto de rodillas en el suelo ante Sonya, su boca cubriendo su sexo expuesto, su lengua probando el sabor de su esencia. Entierra la lengua en su abertura mojada mientras ella se agarra de sus hombros para no perder el equilibrio. Sonya abre más las piernas, con ansias de que Axel siga arrastrando su lengua por su abertura, provocando la perla de su clítoris justo como a ella le gusta.

Axel lo tiene tan duro que es imposible ignorarlo, su miembro surge de su entrepierna y mientras se bebe el dulce néctar de Sonya, empuña su verga, masturbándose suavemente. Axel revolotea la lengua sobre su nudo hinchado, entonces oye como las dos mujeres gimen al mismo tiempo. Desvía la mirada de Sonya y nota como Alejandro está al igual que él, arrodillado en suelo; Diana lo tiene agarrado por el cabello y esta apoyada sobre una pierna, la otra se recuesta sobre el hombro de su socio, abriéndose aún más sobre su boca, Diana mece las caderas, frotándose contra el, masturbándose contra su cara.

Las chicas vocalizan su placer, el orgasmo cada vez más cerca.

–Méteme el dedo amor –jadea Sonya, sus caderas ondulando contra su rostro.

Se la come con más ahínco a modo de respuesta, se chupa los dedos, lubricando el medio y el pulgar con saliva. Desliza el dedo medio entre sus nalgas, hallando el círculo apretado de su ano, con tan solo acariciarlo, las sacudidas de Sonya se vuelven más violentas.

–¡Sí, sí, tú sabes cuánto me gusta allí!

–Mi niña golosa. ¿Quieres que te meta el dedo allí? –preguntó rozando nuevamente el anillo de su ano–. ¿O aquí? –separó sus pliegos con el pulgar y lo enterró en su abertura.

–¡También allí! ¡En los dos! ¡Tócame los dos!

Axel traspasó su esfínter con el dedo medio, la tenía enganchada por los dos orificios. Metía y sacaba los dedos simultáneamente de su culo y su coño, su lengua asaltando su clítoris.

Axel se siente cerca, sus bolas prensadas a punto de estallar. Deja de sobar su tronco y sólo se dedica a hacer acabar a su mujer. Su mano se mueve cada vez más rápido, penetrando los dos orificios de Sonya, y cuando envuelve la perla sensible en el ápice de su raja con los labios y chupa, ella se deshace con el clímax que le ha provocado, afincando las uñas en sus hombros, agarrándose a él mientras sus jugos inundan su boca.

Con piernas temblorosas, Axel guía a Sonya hasta la mesa maciza de la cocina y la sienta allí, no le da tiempo para recuperarse cuando entierra su grosor en su sexo aún palpitando por la estela de su orgasmo. La embiste una y otra vez. Entonces se acerca Alejandro con Diana, sentando a su novia al lado de su amiga. Las dos mujeres extenuadas y estimuladas por la cima de su placer yacen lado a lado mientras sus hombres las follan.

Con cada embestida, sus pelvis chocan con un sonido

seco contra sus nalgas, sus senos meciéndose con el vaivén de sus movimientos. Alejandro manosea las tetas bamboleantes de Diana que se ven obscenamente expuestas a través de las cintas negras de la lencería que lleva puesta, pero entonces su mano viaja a los pechos suaves e igualmente expuestos de la novia de Axel; pellizca duramente uno de sus picos, suscitando un gemido excitado de la pelirroja. Sonya gira la cabeza hacia Diana y busca sus labios con los suyos, sus lenguas se entrelazan en un beso húmedo mientras las embisten una y otra vez, ambos hombres manoseando a su mujer y a la del otro.

Los estímulos son sobrecogedores y electrificantes, Sonya siente como su placer crece con cada estocada, la pelvis de Axel chocando contra su clítoris, una y otra y otra vez, su grosor estirándola, estimulándola, hasta que el orgasmo detona desde su centro, sus músculos convulsionado a medida que el éxtasis incendia cada una de sus células.

Axel no aguanta más y saca su verga del abrazo caliente de su sexo para vaciar su semilla sobre Sonya, eyaculando sobre su vientre, su abdomen y sus tetas expuestas, adornándola con su semen blanco y espeso.

Diana lleva la mano a su clítoris y lo frota con presión, sus dedos deslizando en su crema resbaladiza; en segundos esta acabando. Ver como Axel eyaculaba encima de Sonya al lado de ella revolucionó su excitación y su clímax la atropelló con fuerza, su cuerpo ondulando de gozo y sus gemidos escalando con sus súplicas– ¡Lléname de leche Ale! ¡Quiero que me bañes toda con tu leche!

Las palabras morbosas de su novia sumadas a los movimientos sensuales de su clímax lo llevaron a derramar su orgasmo. Su verga pulsó dentro de ella, un chorro de semen mojándola por dentro antes de extraerse y vaciarse sobre el cuerpo de Diana, pintando sus tetas, cuello y abdomen con su leche viscosa.

CAPÍTULO 27

Diana y Alejandro desarrollaron sus rutinas viviendo juntos. Cada mañana Diana se despertaba profundamente feliz al amanecer a su lado; a medida que más tiempo pasaban el uno con el otro, más se descubrían en los detalles de su convivencia. Diana ya sabía que al igual que ella, él tomaba su café negro y con azúcar; le gustaba dormir hasta tarde los fines de semana, haciendo el amor al despertar y antes de dormir; Alejandro soñaba con llevarla a la playa después de su graduación y constantemente le consultaba su opinión acerca de cosas referentes a programación de la compañía de seguridad que manejaba con Axel.

Alejandro se sentía mejor de lo que se había sentido en mucho tiempo; si cualquiera de sus colegas de la universidad supiera que su alumna más brillante vivía con él y era su novia, algunos le darían una animada palmada en la espalda, mientras que los otros pedirían su cabeza en una estaca por inmoral. Pero nada de eso importaba, además, ya no faltaba mucho para que se graduara y pudiera pasear con ella por la calle tomados de la mano y besarla frente a quien sea.

Habían desarrollado una especie de juego travieso durante sus horas en la universidad. Resultaba un esfuerzo no delatarse frente a los demás, pero a pesar de que su comunicación verbal se limitaba a lo indispensable y necesario, las conversaciones que mantenían a lo largo del día por mensajes de texto ruborizarían a cualquiera.

Ya hacía un mes que habían pasado aquel fin de semana sublime y decadente con Axel y Sonya. Alejandro había dedicado parte de su tiempo libre en editar las tomas de los videos, creando una película casera que no tenía nada que envidiarle al cine de entretenimiento adulto. Le envió un resumen del video por correo electrónico de escenas particularmente estimulantes, cuadros donde Sonya la lamía entre las piernas mientras Axel follaba a la pelirroja; en ese resumen estaba una de las tomas favoritas de Alejandro, era cuando él eyaculaba en la boca de Diana y ella bebía la evidencia de su orgasmo con gula, su semen chorreando por su mentón.

Cuando Diana abrió el video apretó los muslos instintivamente, su sexo reaccionando de forma inmediata al recuerdo visual del primer encuentro entre las dos parejas. Esa noche Diana llegó antes que Alejandro a casa y se masturbó viendo el video que le había hecho, y cuando él entró por la puerta no lo dejó pasar más lejos del recibo, bajándole los pantalones para chupar deseosa su hombría antes de hacer el amor en las escaleras.

Al día siguiente, Diana se tomó una secuencia de fotos al vestirse en la mañana, empezando con la ropa interior que había usado en el último encuentro sensual entre ella, Alejandro, Axel y Sonya.

Durante la clase que veía con él, le envió la serie de fotos, en la primera aparecía vestida con la ropa que llevaba puesta, y a medida que pasaba las fotos llevaba una prenda menos, hasta que lo único que traía era aquella malla corporal pornográficamente erótica con un texto que decía "esto te espera hoy en casa, profe ;)"

Diana no le quitó los ojos de encima, espiando el momento que revisó su móvil sentado detrás de su escritorio. Ella se mordió el labio al ver como inhaló profundamente antes de dirigirle una mirada cargada de deseo, notando aquellas decorativas cintas negras que se perdían bajo su camiseta. Diana se hizo la inocente, pero por dentro vibraba de anticipación al imaginar lo que le haría esa noche.

Estaba recogiendo sus cosas al concluir su última clase cuando se le acercó Eugenio, el compañero que Alejandro decía que sus brazos tatuados parecían estar cubiertas de algas.

–Hola Diana, ¿de casualidad te llegó el correo con los parámetros para el proyecto de la clase de la profesora Martínez?

–Sí, ¿por qué? ¿A ti no te llegó?

–No –respondió con cara de pocos amigos.

–Dame un segundo y te lo reenvío.

Diana agarró su móvil y encontró el correo con la asignación que debían entregar la próxima semana.

–¿Cuál es tu dirección?

–Eugenioelgeniosuperguerrero10milx@gmail.com

–¿Cómo?

El chico repitió su estrafalaria dirección, a lo que Diana le pasó su móvil y le dijo que lo escribiera él mismo en el espacio para el destinatario.

En ese momento un profesor mayor de cabello blanco y anteojos se asomó al salón. Su expresión reflejó su alivio al ver que Diana estaba allí.

–¡Diana!

La morena alzó la vista y sonrió al verlo.

–Hola Profesor Jiménez, ¿qué lo trae por aquí?

–Justamente buscándola a usted. Necesito su ayuda. ¿Recuerda el sistema de organización que desarrolló para la facultad de Derecho? Pues usted sabe que yo soy un dinosaurio con esto de la tecnología. Por favor puede ayudarme a encontrar la programación de mis clases.

–Claro que sí, y tranquilo, ya le daré unos truquitos para que recuerde como acceder al sistema.

Diana no demoró más de cinco minutos en ayudar al profesor Jiménez en resolver su problema. Se despidió agradecido y Diana volteó para ver qué pasaba con

Eugenio.

–¿Ya te lo reenviaste?

Asintió y le devolvió el teléfono a Diana– Sí, gracias.

–Quizás deberías considerar un correo más… corto –dijo Diana–. Mientras más largo hay más posibilidades de escribir una letra mal.

–Me va bien con el que tengo –dijo de modo tajante.

–Vale. Nos vemos.

Diana se encogió de hombros, acostumbrada ya a la personalidad abrupta y defensiva de Eugenio. Él formaba parte del grupo de amigos de Adrián, por lo que trataba de mantener la menor comunicación posible. No tenía idea cómo eso iba a cambiar repentinamente.

CAPÍTULO 28

Diana esperaba a Alejandro, ansiosa de que llegara a casa. Él le había escrito un mensaje pidiéndole disculpas y que llegaría un poco más tarde, necesitaba pasar por la oficina para aclarar unas cosas con Axel con respecto a un nuevo cliente.

Diana estaba en la sala jugando videojuegos cuando sonó su teléfono. Miró la pantalla y se extrañó al ver que era Adrián quien llamaba. El tiempo que estuvo con él se sentía como si era de otra vida, sintió un coletazo de ira removerse en su interior al recordar lo mal que la había tratado, por lo que prefirió ignorar su llamada.

El teléfono dejó de sonar, pero momentos después emitió el tono de notificación de mensajes. Diana rodó los ojos con impaciencia, soltó el control y agarró el teléfono.

Lo que vio le heló la sangre.

Adrián había mandado una foto explícita de ella con Alejandro, Axel y Sonya en la piscina.

"Así que ahora eres la putica del profe, Dianita?"

"¿Con quién estás viviendo? ¿Con el profe o con tu novia?"

Los dedos de Diana temblaban al escribir su respuesta.

"Qué quieres Adrián?"

"Tú sabes lo que quiero ;)

"Vete a la mierda!!!"

"Vamos Dianita, pórtate bien. Ven a mi casa y dame lo que quiero o tu pequeña porno aparecerá en todas las páginas de videos gratis en Internet. Dile adiós a tu beca, el profe se puede despedir de su trabajo, la reputación de la pelirroja quedará en ruinas y quizás hasta el grandulón también. Así que por qué no nos evitamos un mal rato y vienes acá a pasarla bien."

Diana recordó los rostros burlones y dedos acusadores, y eso fue a causa de embriagarse cuando era una adolescente; pero las consecuencias del video donde aparecían ellos cuatro no solo la afectaba a ella y su sueño de graduarse, ponía en juego el trabajo y la reputación de todos. Diana inhaló profundamente buscando valor, sabía lo que debía hacer, tenía que hacer lo que fuera necesario para protegerlos del chantaje de Adrián.

"¿Cuándo?"

"Ahora mismo me viene bien."

Diana cerró los ojos con impotencia. No podía creer a lo que estaba accediendo, pero ¿qué otra opción tenía? No podía dejar que el miserable de Adrián les arruinara la vida publicando ese video.

"El último bus sale en diez minutos, no sé si llegue a tiempo."

"Pide un taxi. Yo lo pago."

"Si le dices algo al profe o a tu novia publicaré el video."

"No diré nada. Te aviso saliendo."

Diana soltó el teléfono sobre la mesita frente al sofá, cogió uno de los cojines, hundió la cara y gritó.

Tenía ganas de llorar, quería llamar a Alejandro, pero Adrián lo había dejado claro, y no podía arriesgar que publicara ese video en Internet.

Llamó a un taxi y fue a la cocina a beber un vaso de agua. Caminaba de un lado a otro como un animal enjaulado, y entonces recordó lo que llevaba puesto bajo su vestido.

El taxi anunció su llegada y Diana presa de los nervios le escribió a Adrián que ya iba en camino. Pero antes de salir por la puerta se quitó aquella ropa interior, si debía sacrificar su cuerpo a ese desgraciado lo haría, pero nunca sería como lo que tenía con Alejandro, Axel y Sonya, si es que la perdonaban después de esto.

La bocina del taxi sonó nuevamente, así que Diana dejó la malla corporal sobre la silla de la cocina, volvió a colocarse la ropa, tomó su bolso y salió apurada de la casa.

Alejandro llegó minutos después de que Diana se alejara en el taxi, Axel y Sonya lo acompañaban. No le había dicho nada a Diana para darle la sorpresa de disfrutar una velada con sus amigos después de tanto tiempo sin compartir con ellos.

Llamó su nombre suponiendo que estaba en casa.

–Seguro que no nos oye porque está jugando con los audífonos puestos –dijo Alejandro a la pareja.

Cuando llegó a la sala vio la pantalla con el juego pausado y la llamó otra vez. Axel y Sonya también llamaron su nombre pero no recibieron respuesta.

Alejandro sintió un nudo en el estómago, algo andaba mal.

Revisó que no estuviera en el baño de abajo, luego subió las escaleras de dos en dos, tampoco estaba arriba.

Su corazón latía preocupado cuando los tres se encontraron en la cocina.

–No está en el jardín –dijo Sonya.

–Tampoco está arriba –replicó Alejandro.

Axel frunció el ceño y empezó a escudriñar su alrededor cuando el sonido de su teléfono captó su atención.

Un mensaje apareció en la pantalla iluminada, los tres leyeron el mensaje que decía "¿Estás cerca? Sabes que no me gusta que me dejen esperando".

–Adrián… ¿Quién es Adrián? –dijo Sonya en voz alta. Apenas terminó de decirlo se cubrió la boca con las manos en un gesto espantado.

–Ese maldito… –dijo Alejandro agarrando el teléfono e introduciendo la contraseña.

Al ver la conversación con su ex novio, Alejandro se giró y con la mano libre le atestó un puñetazo a la pared.

Axel frenó a Alejandro antes de que repitiera la acción–. No le sirves a nadie si te rompes la mano. Háblame. ¿Qué está pasando?

Sonya había tomado el teléfono y también leyó los mensajes, le pasó el dispositivo a Axel y dijo– es el ex de Diana, al que lastimé cuando fuimos a buscar sus cosas. ¡La está chantajeando!

–Tú ya sabes donde vive –dijo Axel–. Vámonos, me dices adónde vamos. Tenemos que llegar antes de que sea demasiado tarde.

***

Todo el camino en el taxi Diana se preguntaba cómo había obtenido ese video. Cuando llegó al edificio de Adrián se dio cuenta que no había metido el móvil en la cartera.

***

Axel conducía como alma que lleva el diablo mientras Sonya le adelantaba hacia donde iban. Alejandro iba sentado atrás en el todo terreno, rezando y maldiciendo todo el camino. Si le hacía algo... la impotencia y su imaginación lo estaba volviendo loco.

***

Adrián bajó después de que Diana le avisó por el intercomunicador que había llegado. Le pagó al taxista y rodeó los hombros de Diana con su brazo– Gracias por traer a mi chica.

Diana quería soltarse de él, no quería ni rozarlo con un palo de 20 metros, pero temía ofenderlo y que llevara a cabo su amenaza. Su mente iba a millón pensando de qué manera pudiese interferir con el acceso que había tenido a esos archivos privados.

Subieron por el ascensor, Diana mirando como ascendían piso por piso mientras él acariciaba su cintura.

–Vamos a divertirnos un montón –le dijo con zalamería.

Diana sintió náuseas, y lo peor estaba por llegar.

Al entrar al apartamento de Adrián, Diana tuvo que mirar dos veces para asegurarse de lo que estaba viendo. Allí en el sofá, viendo televisión y bebiendo una lata de cerveza, estaba Eugenio.

–Epa Diana, ¿lista para una fiesta?

Diana miró a uno luego al otro, su cerebro procesando la información a toda velocidad, encajando las piezas.

–¡Tú! – espetó mirando a Eugenio con desprecio.

Eugenio se encogió de hombros–. Lo siento, pero realmente no lo siento Dianita. Si no te hubieras distraído con el anciano, probablemente no hubiera tenido oportunidad de reenviar ese correo con ese video tan picante de ti con el profesor, la pelirroja y el grandulón. Jamás hubiera imaginado que te gustaban las chicas, ¿quizás para la próxima invitas a la pelirroja?

–No, esa tipa no vale la pena –dijo Adrián; obviamente no le había revelado a su amigo que aquella pelirroja lo dejó tendido con la coñaza que le dio–. Además, Dianita aquí es más que mujer suficiente para encargarse de los dos –continuó, recuperando su actitud superior.

–Ya sabes como quiero empezar. Sé una putica buena y ponte de rodillas.

Diana sentía un asco terrible apoderarse de ella, se

arrodilló en el suelo y cerró los ojos cuando vio que los dos muchachos se acercaron y comenzaron a desabrocharse los pantalones, lágrimas corrían por sus mejillas cuando un ruido estrepitoso llamó su atención.

CAPÍTULO 29

Entró como una tormenta, violento y resonante, un rugido feral escapa de su boca como un trueno, mientras que su puño conecta como el impacto de un relámpago aterrizando sobre su primer objetivo, la quijada de Adrián, cuya expresión de sorpresa se transforma en una de dolor al recibir el puñetazo de Alejandro.

Luego coge a Eugenio por la cabeza, atrapándolo en una llave y le da un rodillazo en el abdomen, gira el cuerpo debilitado del chico y lo empuja contra Adrián, los dos muchachos caen sobre la mesa frente al sofá.

Alejandro tiene la mente ofuscada de ira, esta a punto de abalanzarse sobre ellos, quiere patearlos y golpearlos hasta que sean una masa inerte únicamente capaz de sentir dolor; pero antes de que pueda seguir, Axel intercede entre su amigo y los dos chicos gimoteando en el suelo.

Alejandro trata de apartar a Axel, pero moverlo a él es como intentar derribar a una montaña.

La voz grave de Axel atraviesa la niebla roja que tiene cegado a Alejandro–. Yo sé lo que quieres hacer hermano, créeme que te entiendo, pero no es la manera. Vamos a sujetarlos y arreglar esto de una vez por todas.

Alejandro jadea, la adrenalina aún corriendo por su

cuerpo, pero sabe que Axel tenía razón.

Se voltea buscando a Diana. Sonya la había alcanzado cuando empezó la lucha y están de pie en el marco de la puerta que lleva a la cocina, sus brazos rodeando a la morena en gesto protector.

Sonya la suelta cuando Alejandro va hasta ella, toma su rostro entre las manos y pregunta asustado– ¿Estás bien? ¿Te hicieron algo? ¡¿Qué te hicieron?!

El rostro de Diana se arruga en una mueca y rompe a llorar. Alejandro la abraza fuerte contra él– ¿Por qué no me avisaste? –murmura contra su cabello.

Diana alza el rostro, mirándolo con ojos llenos de miedo–. Iban a publicar el video en Internet.

–Igual debiste confiar en mí… En nosotros…

–Perdón.

–Ya, ya –dijo limpiando las lágrimas de sus mejillas con los pulgares –me aseguraré de que no vuelvan a salirse con la suya.

Axel y Sonya habían hecho trabajo rápido de sujetarlos, utilizando bridas que habían tomado de la guantera de su auto antes de subir. Adrián y Eugenio estaban sentados hombro a hombro en el sofá, cada uno con las muñecas atadas a sus espaldas, pero en vez de sujetarles las piernas del mismo modo, Axel había sujetado la pierna izquierda de Adrián a la pierna derecha de Eugenio, de manera que si alguno quería levantarse para hacer algo, no podrían lograrlo sin coordinarse juntos.

Sonya cerró la puerta lo mejor que pudo después de que Axel la había derribado con una patada, encendió la televisión y subió el volumen.

–¿Donde tienen sus móviles? –preguntó Alejandro.

Ambos chicos lo vieron con mirada desafiante– ¡Que te den! –espetó Adrián–. Cuando la policía y mis padres se enteren de lo que me has hecho no sólo perderás tu miserable trabajo, ¡sino que irás a la cárcel!

Axel rio ante el berrinche del chico desde la silla donde se había sentado frente al mueble. El barítono de su voz silenciando al muchacho.

–Ni tu papi, ni la policía te ayudarán aquí espinilla –dijo Axel.

Sonya se acercó a Axel por detrás, deslizando una suave caricia por la anchura de su espalda. Su voz había adoptado un tono más dulce que el caramelo, pero la mirada en sus ojos verdes era asesina.

–Creo que es la primera vez que aprenden una lección, cariño.

–Así parece –respondió Axel sonando sus nudillos.

Sonya se acercó hasta Eugenio, y sin previo aviso levantó el pie y pisó con fuerza su entrepierna. El chico se desdobló por el dolor, no podía sobarse con las manos ni cerrar las piernas, por lo que se removió en su asiento, sus ojos lagrimeando.

–¿Vas a responder la pregunta de mi amigo? –dijo la pelirroja.

–En mi bolsillo –dijo Eugenio en un hilo de voz.

Sonya encontró el teléfono de él y miro a Adrián alzando la ceja.

La altiveza de Adrián se estaba desinflando rápidamente, y para evitar un pisotón en las bolas como Eugenio, replicó.

–Sobre la mesa de la cocina.

Sonya entonces le entregó los dos teléfonos a Diana y Alejandro.

–¿Contraseña?

Los dos chicos miraron nerviosos a la pelirroja y cada uno dijo su código de cuatro números para desbloquear sus respectivos teléfonos.

Pasaron fácilmente más de una hora revisando los dos dispositivos, al igual que la computadora de Adrián. Además de quedar seguros de haber eliminado cualquier rastro del video, Alejandro aprovechó la circunstancia para poner a prueba un prototipo de código que había desarrollado inicialmente para el uso de tecnología de vigilancia. Tras estar satisfecho que lo había introducido exitosamente en la huella digital de ambos chicos, salió de la cocina con Diana, regresando a la sala donde los dos muchachos se removían inquietos en sus asientos, temerosos de hacer cualquier sonido. Diana no sabía si estaban más intimidados por la imponente tranquilidad de Axel o la impredecible energía de Sonya; de cualquier modo esperaba que este fuese la última vez que debía interactuar con aquel par de desgraciados que pretendían chantajearla y aprovecharse de ella por medio de coerción.

Axel y Alejandro intercambiaron miradas, Axel le cedió su asiento y Alejandro se sentó frente a sus cautivos.

–Así como ustedes invadieron nuestra privacidad, ahora no recuperarán la suya. De ahora en adelante podré supervisar cada una de sus acciones en línea en cualquier dispositivo que usen. Ninguna conversación, ninguna imagen, ningún archivo creado, enviado, compartido o vinculado a cualquiera de ustedes dos será privado. Algo me dice que lo que intentaron hacerle a Diana no es la primera vez que han abusado de alguien. Tengan por seguro que cualquier sueño académico o profesional que tienen, haré que se caiga a pedazos. –Alejandro los miró a cada uno, la energía detrás de su mirada paralizando a los dos estudiantes–. Tus padres no te salvarán, la policía estará de mi lado antes que el de ustedes, y ustedes creo que ya saben lo que les sucedería si van a la cárcel.

Los dos jóvenes se removieron en sus asientos, resentidos con la realidad que le estaba diciendo el profesor–. Si llego a descubrir que tratan a cualquier persona, hombre, mujer o niños, sin respeto, se van a despedir de todo lo bueno que tienen para siempre. ¿Entendido?

Adrián y Eugenio vieron la expresión de su profesor y sabían que decía la verdad. Asintieron con la cabeza.

–¡No los escuché!

–¡Entendido señor! –exclamaron los dos.

–Espero por ustedes que así sea. Ah, y contaremos entonces con su discreción acerca de mi relación con Diana, ¿cierto?

–Sí profesor –contestaron sumisos.

–Diana, ¿hay algo que quieras agregar? –preguntó Alejandro.

La morena los miró y un sentimiento de odio y vergüenza la embargó. ¿Cómo pudieron sentirse con el derecho de obligarla y someterla de aquella manera? Se sentía humillada, impotente, frustrada. Sin pensar en lo que estaba haciendo, simplemente se dejó llevar por aquella violenta ola de emociones y alzó la rodilla, imitando el movimiento de Sonya, para dejar su pie caer con toda la fuerza que tenía entre sus piernas, el primero en recibir la patada fue Eugenio, quien soltó un chillido de dolor al recibir un segundo ataque en el mismo lugar tan sensible. Mecía su torso de adelante hacia atrás, preso del dolor e incapaz de confortarse.

La ira de Diana se apaciguó levemente, un poco de justicia por lo que vivió por culpa de él y su mala intención. Pero lo que mayor alivio le inspiró en medio de esa marea de emociones negativas era la expresión de horror en la cara de Adrián. Sabía que le haría lo mismo y sentía miedo, y en ese instante Diana se prometió a sí misma que no volvería a tenerle miedo a él.

–No Diana, por favor Dianita… –suplicó.

–Así me hiciste sentir tú. Espero que más nunca le hagas a otra lo que hiciste, y quisiste hacerme a mí.

El talón de Diana conectó con su objetivo, arrancando un aullido agónico de la boca de Adrián.

Mientras tanto, Sonya había colocado un canal de YouTube donde jóvenes hacían idioteces como utilizar pegamento extra fuerte en distintas partes del cuerpo o patearse los unos a los otros en las bolas.

–Cuando la policía venga a averiguar el escándalo por el cual sus vecinos seguramente ya se han quejado, les aconsejo que la mejor historia que podrán contar es que querían imitar a esos chicos para crear su propio programa de pendejos. Si dicen algo diferente, lo sabré, conozco a muchos policías. Es más, ahora mismo puedo llamar a un colega que suele patrullar esta zona para que venga a revisar lo que está pasando.

Mientras Axel le decía esto a los dos muchachos, Sonya había cortado sus esposas de plástico. Apenas recuperaron la movilidad en las manos las llevaron a sus respectivas ingles sentidas.

Después de soltar sus piernas, Sonya se inclinó hacia ellos, provocando que retrocedieran temerosos de otra acción agresiva; pero solo les dijo– chicos, tengo dos consejos para ustedes. Uno, pónganse hielo. Y dos, en cualquier tipo de relación, trata a la otra persona como quieres que te traten.

CAPÍTULO 30

A pesar de que el último semestre de clases de Diana se sintió como el más largo de todos, el día de su acto de grado por fin llegó.

El sonido de sus tacones repicando en el suelo hacían eco al andar por el pasillo solitario. Prácticamente todo el mundo estaba en el paraninfo, la ceremonia tardaría poco en comenzar; pero había algo que quería hacer primero.

Alejandro estaba cerrando la puerta de la sala de profesores para alcanzar al resto de sus colegas y los alumnos que en menos de diez minutos se estarían graduando, entre ellos su novia clandestina, cuando lo sorprendió la voz de Diana en el pasillo.

Miró a ambos lados, cerciorado de que estaban solos y dijo– mi amor, ¿estás bien? ¿Qué haces aquí? La ceremonia empezará dentro de poco.

–Sí, ya sé, es que quería darle un regalo a mi profesor favorito.

–¿Ah sí? –dijo en tono divertido, picando el señuelo.

–Sí profe, quería darle las gracias por todo lo que me ha enseñado este semestre.

–Pues el placer ha sido mío –respondió Alejandro, contemplando a Diana ataviada con su toga y birrete. Los tacones rojos contrastaban contra el material negro y satinado atrayendo su mirada a sus piernas ataviadas con unas elegantes medias. A medida que sus ojos la recorrían de los pies a la cabeza, notó que las manos de Diana jugaban con la pieza que cerraba la cremallera de la toga. El sonido de los dientes de metal abriendo al ver como deslizaba la cremallera hacia abajo despertó su erección; pero descubrir que lo único que llevaba puesto debajo de su bata de graduación era un corsé ceñido que realzaba sus voluptuosos pechos, una tanga transparente sin entrepierna y el liguero del corsé que bajaba al frente y lateral de sus muslos para sujetar las medias que llevaba puestas, lo dejaron como una piedra.

Sin pensar que estaban en pleno pasillo de la universidad, frente a la sala de profesores, donde cualquiera pudiese doblar la esquina y encontrar a un profesor besando a su alumna a punto de graduarse, manoseado su cuerpo, liberando sus senos de los confines apretados de corsé, provocando los picos erguidos de sus pezones a medida que su miembro se volvía más y más rígido. Si eso no era suficiente, entonces Diana se arrodilló en el piso frente a él, quitándose el birrete de la cabeza y desabrochando sus pantalones con picardía hasta sacar su verga hinchada y metérselo a la boca como si fuese lo único en esta vida capaz de saciar su hambre.

Su lengua acariciaba el frenillo bajo su glande a medida que metía y sacaba su longitud de su boca.

Los ojos azules de Diana contemplan fijamente la mirada avellana de Alejandro mientras su miembro rígido entra y sale del paraíso de sus labios. Su boca lo recibe una y otra vez en el abrazo húmedo de aquella caverna oscura y cálida. Poco a poco trata de tragar más de su longitud. Alejandro siente su saco apretado, lo tiene a punto de ebullición con su atrevida y deliciosa provocación. El sabe que están jugando con fuego, alguien pudiese pillarlos en cualquier momento, pero en ese instante lo único que le importa es ella y lo que le está haciendo.

Sus manos bajan hasta su cabello, acariciando sus mechones oscuros mientras se folla su bello rostro.

–¿Te gusta profe? –pregunta con la boca llena de su grosor.

Alejandro gimió su respuesta, penetrando su boca lentamente hasta tocar el fondo de su garganta–. Más que sobresaliente señorita Castillo.

Alejandro agarraba su cabeza con suavidad, follando la dulce boca de Diana mientras ella lamía la parte inferior de su tronco y lo rodeaba desde la base con sus manos, bombeando su miembro rígido.

Una pequeña voz en la mente de Alejandro le decía que lo que estaban haciendo estaba mal; era obsceno como un hombre de su edad disfrutaba tanto de esta jovencita que apenas tenía 22 años; era un perverso al permitir que su mejor alumna se arrodillara ante su profesor en medio del pasillo de la facultad y se lo mamara con tanto gusto minutos antes de graduarse. La bata colgaba abierta por la mitad, revelando el atuendo inapropiado y exquisitamente provocador. En aquella posición sólo alcanzó a tocar sus suaves pechos, estaba seguro que su humedad impregnaba la parte interna de sus muslos, deseaba probarla y beberla toda, pero ya habrá tiempo para eso. Él estaba tan cerca, verla y sentirla así lo empujarían por el borde en cualquier momento. Cuando la suavidad de su mano envolvió la piel sensible de sus bolas prensadas y jaló suavemente, su orgasmo surgió de su centro. Eyaculó cinta tras cinta de leche blanca y espesa dentro de su boca y ella lo bebió con gusto, tragando el líquido salado y viscoso.

Diana se relamió los labios al ponerse nuevamente de pie. Ambos se terminaron de subir las cremalleras cuando el sonido rítmico de unos pasos llegaron a sus oídos.

Alejandro tomó a Diana de la mano, huyendo sigilosamente en la otra dirección. Sus corazones aún resonaban en sus pechos al llegar a las puertas del paraninfo.

La besó cerca de los labios, un gesto íntimo y fugaz antes de decir– eres una fuerza formidable Diana, ahora entra allí que te lo has ganado. Después te daré tu regalo.

CAPÍTULO 31

Llamaron su nombre y Diana subió las escaleras a la tarima. Le dio la mano a quienes debía, atenta de no estrujar el rollo de papel que representaba su diploma por los nervios y emoción que la embargaban. Al cambiar la cinta de su birrete de un lado al otro escucho los enérgicos vítores del público. Allí, en medio de la sala repleta de gente, aplaudiendo y animándola estaban Axel, Sonya, incluso Alejandro, de pie. Tenía personas en su vida quienes la querían, a quienes ella quería, ya no estaba sola.

***

Estaban los cuatro bajo el toldo en el jardín de Alejandro, el reconocible *pop* de la botella de champaña resonó cuando el corcho salió disparado y la bebida espumosa corría del pico de la botella, llenando las copas de cristal.

–¡Salud!

–¡Por Diana!

–¡Por la Ingeniera!

Alejandro la abrazó desde atrás, sus brazos rodeando su cintura, su mentón apoyado sobre su hombro.

–¿Sabes qué Ingeniera?

–Dígame Profe.

–Que el negro no es un color adecuado para el verano – su mano libre hallando la cremallera de su toga y deslizándola hacia abajo. Axel y Sonya miraban la escena, sus ojos chispeando al ver lo único que llevaba puesto debajo.

La tela negra cayó alrededor de sus tacones rojos, dejando su cuerpo al descubierto, sus piernas envueltas en las medias que iban sujetadas a medio muslo por los tirantes negros del liguero del corsé, el cual acentuaba su cintura y la voluptuosidad de sus senos a punto de salirse de la tela que las contenía con cualquier movimiento. El triángulo de su sexo estaba acentuado por las líneas de la tanga sin entrepierna, cubriendo todo menos su intimidad; era una invitación explícita y sin censura.

Diana resolló cuando el líquido burbujeante cayó por su escote. Alejandro susurró– Permíteme refrescarte un poco –vaciando lo que quedaba en su copa sobre el generoso pecho de su amante.

La otra pareja contemplaba a la joven recién graduada como lobos a su presa, hoy era un día para ella, y todos querían que fuese inolvidable.

Tras despojarse de su ropa, Sonya se acercó a Diana y hundió su lengua en la unión de su escote, bebiendo la champaña que se había acumulado entre sus senos, lamiendo la piel desde su pecho hasta llegar a sus labios.

Sonya se movió a un lado de Diana sin dejar de besarla para cederle el paso a Axel, cuyas manos fueron directamente a liberar sus senos. Sus manos ásperas deslizaron la tela hacia abajo, sus dedos provocando sus picos hasta dejarlos como diamantes.

Alejandro seguía a sus espaldas, se había arrodillado y contemplaba la sensual curva de las nalgas de Diana antes de enterrar el rostro en su carne, hallando su abertura inundada con la lengua. Pero su lengua no buscó el rumbo hasta su clítoris que palpitaba con deseo; Diana gimió contra la boca de Sonya cuando trazó su orificio más privado con la lengua, lamiendo el anillo apretado de su ano.

–¡Alejandro! ¿Qué estas haciendo? –gimoteó–. ¡Aaah! – Axel también se había arrodillado y chupaba su jugoso coño sin misericordia. Su lengua revolotea sobre su clítoris con velocidad y presión, Diana se encuentra incapaz de pensar, las sensaciones a las cuales estos dos hombres y mujer la estaban sometiendo apoderándose de todo.

Se estremece bajo las seis manos que recorren su cuerpo, tocando cada recoveco de su piel. Tres bocas estimulan sus puntos más sensibles, Diana logra estar de pie por sujetarse a los hombros masivos de Axel, mientras él devora su sexo con gula, bebiendo sus jugos obscenamente mientras Sonya chupa sus tetas con fuerza, pellizcando y mordiéndola hasta el punto más agudo de su placer. El más atrevido de todos es su profesor, su novio, su amor; asedia su culo con su lengua pecaminosa, despertando un nivel de deseo primal, cargado de un morbo perverso que le resulta adictivo. Siente sus lamidas en el círculo oscuro entre sus nalgas y quiere rogarle que se la coja por allí, que se lo entierre y se lo meta por el culo.

Sus caderas se sacuden de adelante hacia atrás, agitada por tanto estímulo. Su mano se desvía a la entrepierna de Sonya, y al sobar su sexo mojado la pelirroja gime alrededor de sus suaves y voluptuosas colinas.

–¡Dios! ¡Ay Dios mío! ¡Me van a hacer acabar!

Pero en vez de continuar, los tres se detienen abruptamente, la canción en crescendo de su orgasmo rudamente interrumpida se tropieza sobre sí misma y cae inconclusa.

Jadeante y desesperada por el estado en la que la han dejado, Diana exclama– ¡¿Pero qué?! ¡¿Por qué han parado?!

–Porque te vamos a regalar el orgasmo más intenso de tu vida preciosa –dice Alejandro a su oído, agarrando sus nalgas, separándolas para que sienta su rigidez acunarse entre ellas–. Dime ¿qué quieres?

–Es lo más delicioso que existe –dice Sonya besando sus labios.

–Sabes que aún te falta eso bonita –dice Axel manoseado sus senos.

–¡Sí! ¡Sí! –gimotea, es el momento de hacer realidad la fantasía más perversa.

–Dilo – le exige Alejandro.

–¡Métemelo por el culo! ¡Quiero que me cojas por el culo!

–¿Y qué más?

–¡Quiero que me cojas Axel! ¡Quiero sentirte en mi coño mientras Alejandro me estira el culo!

–Muero por ver como te empotran entre los dos –dice Sonya sentándose con las piernas abiertas sobre uno de los sillones del patio, tocándose mientras los dos hombres acorralan a la morena.

–¿Dónde lo quieres primero preciosa?

–Métemelo por el culo Ale. Necesito sentirte allí.

–Entonces agárrate de Axel.

Diana se abraza al novio de Sonya y lo mira a los ojos. Ojos tan oscuros como su cabello, sus iris parecen pozos de tinta negra que la engullirían por completo.

–Ven aquí bonita.

Ella rodea su cuello con los brazos y él desliza sus manos por su espalda hasta llegar a sus nalgas. Su erección se recuesta duramente entre ellos mientras manosea su trasero, la agarra y alza sin esfuerzo. Diana automáticamente rodea su cintura con las piernas. Axel se traga el gemido de Diana besando su boca y chupando su lengua cuando resuella. Axel sujeta sus nalgas las separa, dejando su parte más privada expuesta a Alejandro, quien se inclina y arrastra la lengua desde el sensible círculo, subiendo por la separación de sus nalgas, recorriendo su columna vertebral hasta donde cae su cabello. Vacía lubricante viscoso en su mano y unta su culo después de embadurnar su miembro con el líquido. Posiciona su verga hinchada ante aquella entrada nunca antes traspasada, su glande rosado presionando aquel anillo apretado. Diana está aferrada al cuerpo de Axel, lo besa con desesperación torturada mientras Alejandro penetra su túnel. Hunde lentamente su miembro, traspasando su esfínter centímetro a centímetro hasta enterrarse completamente en su recto. Permanece inmóvil, permitiendo que su cuerpo se acople a esta invasión. La llenura que la asalta es nueva y desconocida, un dolor placentero la inunda al familiarizarse con la sensación de su asta clavada por atrás. Empieza a mecer las caderas, el roce de su grosor estirándola y llenándola con un placer intenso y oscuro. A medida que se menea, la longitud rígida de Axel se mueve entre ellos, su tronco deslizando de arriba a abajo por su clítoris, provocando destellos eléctricos de placer en su cuerpo. Con cada minuto sus movimientos se hacen más largos, acercando cada vez más la corona de Axel a su abertura hasta que él inclina la pelvis y su miembro queda atrapado entre sus pliegos. Diana se contorsiona, su cuerpo pensando por ella, voraz de recibir todo el placer depravado que pueda obtener, y así engulle la verga de Axel, recibiendo los dos miembros en su cuerpo, provocando una sobredosis de llenura. El nivel de deseo que transpira es monumental. Axel la sujeta por las nalgas, embistiendo su canal con su grosor mientras Alejandro se entierra una y otra vez en el orificio estrangulado de su ano, sus manos explorando sus tetas, ella es presa y carcelaria de los dos hombres que la llenan y la follan simultáneamente con un ritmo pecaminoso, entrando y saliendo de su cuerpo.

Sonya contempla la escena, el morbo de ver aquello hace que se frote más y más rápido, escalando al orgasmo, tocándose mientras observa como Diana se disuelve de placer entre ambos hombres.

Los cuatro amantes perversos jadean al unísono, entonces Diana gime profundamente, la cúspide de placer inevitable esta vez, la explosión se aproxima más y más rápido, cercana al borde de un clímax que nunca antes había experimentado. Sus músculos se tensan y los dos hombres la follan más duro, más rápido, hasta que llega al punto sin retorno. Alejandro frota la perla de su clítoris sin dejar de entrar y salir de su túnel estrecho y las manos de Axel agarran sus nalgas con más fuerza mientras mete y saca su miembro rígido de su cálido canal. El calor y el fuego en su interior ardía cada vez más grande, hasta que el orgasmo estalla dentro de ella como una bomba. Su cuerpo se sacude de placer, se siente envuelta por la energía eléctrica de su clímax, incendiando cada terminación nerviosa en su cuerpo. Alejandro deja salir un rugido de éxtasis, enterrándose en el fondo del culo apretado de Diana; su miembro pulsa dentro de ella y vacía chorro tras chorro de leche en su túnel oscuro.

Axel entierra el rostro en su cabello, Diana oye sus gemidos de placer al oído cuando la embiste completamente, clavando su grosor hasta la base y se deja llevar. Su clímax brota desde su corona, eyacula cintas de semen en su interior, inundando su coño con su esencia.

El cuerpo de Diana vibra con las estelas de su orgasmo, se siente que está flotando mientras permanece ingrávida entre los dos cuerpos firmes y masculinos de Axel y Alejandro que la han llenado a tope con su leche.

Sus músculos tiemblan cuando Alejandro besa su espalda y se retira de su cuerpo; Axel la lleva hasta el sillón donde está Sonya y la recuesta allí para luego deslizar su miembro recubierto con sus jugos combinados.

Diana tiene la respiración acelerada; Sonya la rodea con el brazo y la invita que apoye la cabeza sobre su hombro.

–¿Qué te pareció?

–Intenso. Maravilloso.

–Me encantó verte así guapa. Acabé divino al ver como Axel y Alejandro te follaban al mismo tiempo.

CAPÍTULO 32

El sol brillaba radiante en el cielo, Diana y Alejandro caminaban lado a lado, la brisa era fresca y bienvenida para disipar el calor, las hojas de los árboles parecían suspirar al moverse con el viento.

Habían caminado por un sendero en el parque municipal de San Vicente durante quince minutos. Alejandro tenía sombras de recuerdos de aquella vasta expansión de naturaleza, era un parque emblemático de la ciudad. Hacía muchos años que no había ido para allá.

Se detuvieron ante una doble hilera de árboles cuyas ramas adornadas de flores violetas hacían un túnel natural que evocaba un paisaje sereno y romántico.

–Es aquí –dijo Diana, sujetando la sencilla urna funeraria de bambú donde reposaban las cenizas de su difunta tía.

–Cuando me ponía melancólica o rebelde, mi tía me traía a este lugar. Me decía que había sido el túnel secreto donde venían a jugar ella y mi mamá de niñas, luego fue el lugar donde mi padre le pidió matrimonio a mi madre, y fue donde me trajo para depositar las cenizas de mis padres cuando fallecieron y me quedé a vivir con ella. Se me había olvidado la sensación de paz que siento cuando vengo para acá. No he venido desde antes que ella murió.

Alejandro la miró conmovido y dijo– lamento que hayas perdido tanto. No es justo.

–No, supongo que no lo es; pero creo que cuando dejas de tomártelo como algo personal puedes ver y apreciar que aún hay esperanza de que las cosas mejoren.

–Eso me suena familiar –dijo Alejandro, su comisura alzada en una medio sonrisa.

–No dejo de aprender de ti, de Sonya, ni de Axel. Creo que mi tía y mis padres pueden descansar en paz sabiendo que aunque no estén, te tengo a ti, a ellos.

–Me encantas –respondió Alejandro y le dio un beso suave en los labios–. No los defraudaré.

Diana suspiró y se giró, caminó hasta el tercer árbol en la hilera de la izquierda y se arrodilló ante él. Quitó la tapa de la urna y vació las cenizas a la base del árbol, en su mente hablando con su familia.

Alejandro se quedó atrás respetando su espacio, cuando estuvo lista, se levantó sacudiendo la tierra y ramas secas de sus rodillas, limpiando su rostro de las lágrimas que corrieron por sus mejillas.

–Cuando estés lista me encantaría venir otra vez aquí contigo y que me cuentes las historias de tu familia.

–Solo si tú me cuentas las tuyas –respondió Diana.

–Pues es bastante probable que mi padre y mis hermanas se dediquen a contarte todas las historias más vergonzosas que tengo.

Diana soltó una carcajada, el nudo de emoción en su estómago recordándole su presencia. Hoy iba a conocer la familia de Alejandro, se moría de nervios y él ya lo sabía. La tomó por la cintura y la atrajo hacia él. –Van a quedar encantados contigo– le dijo con afecto.

–Pero… ¿y nuestra diferencia de edad?

Alejandro hizo un gesto de despreocupación con la mano.

–El esposo de mi tía es 25 años mayor que ella.

–¿Y el hecho de que era tu alumna?

–Deja de preocuparte tanto. Les he hablado de ti y se mueren de ganas por conocer a la hermosa y joven mujer que era mi alumna y es mejor que yo programando códigos incomprensibles.

Diana hizo una mueca, pero no podía negar que sus palabras la reconfortaron. Quería darle una buena impresión a su familia.

–No es mi culpa que te saltes los errores en tu propio código.

–Eso es porque lo he visto tantas veces que ya ni los

percibo. Ves por qué era una excelente idea que vinieras a trabajar con nosotros después de graduarte. Necesitamos tus ojos y tu cerebro.

–Anoche necesitabas más que eso…

Alejandro bajó la mano de su cintura y agarró su trasero con picardía.

–Tú sabes que lo necesito todo en cuanto a ti se refiere.

–¡Ey! No te pongas a inventar, no podemos embarcar a tu familia, tenemos que estar allá en media hora.

–Dame diez minutos.

–¡Contigo nunca son diez minutos! –Y le dio un beso rápido, lo tomó de la mano y lo llevó de regreso al auto para que no llegaran tarde ni se distrajeran de su compromiso para esa tarde.

FIN

Acerca de la Autora

Dulce Veneno es mi alter ego. Soy una mujer que nació en el paraíso caribeño de Venezuela, y debido a la dictadura y el narcosecuestro de ese bello país, he hecho mi vida en las preciosas y libres costas mediterráneas de España. Amante del arte, la sensualidad, la pasión y las emociones intensas.

Creo que el sexo es una parte fundamental de la vida que debe ser celebrado y disfrutado sin complejos ni tabúes, siempre y cuando sea consensual. La exploración sexual es una apasionada aventura de descubrimiento de ti mismo y la(s) persona(s) con quien(es) deseas emprender ese viaje.

De todo corazón, quiero darle las Gracias a todos mis increíbles lectores, jamás anticipé la recepción que mis escritos han generado.

Para aquellos que quieren saber de dónde viene mi pseudónimo... el apodo de Dulce Veneno ocurrió cuando un ex-novio me dijo que él sabía que tarde o temprano lo dejaría y le rompería el corazón.

Besos traviesos ;)

Dulce Veneno

Universo Erótico

Para enterarte de nuevos relatos de Dulce Veneno
y otras autoras de Universo Erótico,
visita nuestras redes sociales y página web,
donde encontrarás enlaces a relatos gratis, novelas,
promociones especiales, y más.

¡Que lo disfrutes!

Porque ser sexy nace en tu imaginación ;)

relatoseroticosxxx.com

Twitter: @relatoseroticosxxx

Instagram: @relatos_eroticos_aqui

Facebook: relatoseroticosonline

Pinterest: relatoseroticosxxx

Más Libros de Universo Erótico

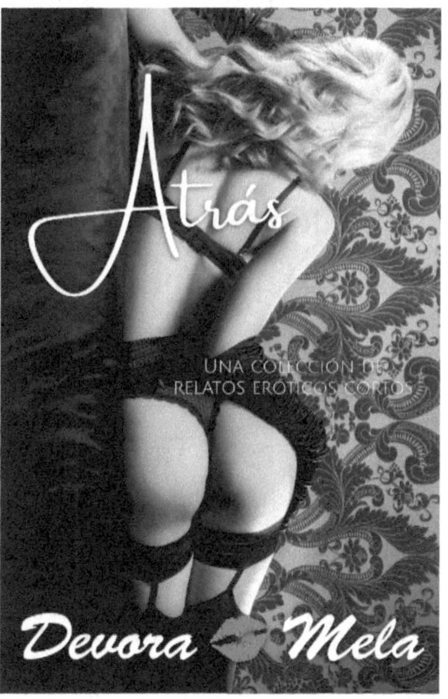

A continuación disfruta una escena de la última novela de Dulce Veneno

¿Chupas?

–Así que ¿te gustan los dibujos que hizo Iris? –preguntó Stefan tanteando este posible nuevo terreno.

Dante estaba atrapado, por una parte creía que sería mejor si olvidaban que alguna vez habían tenido esta conversación, hace años había experimentado con amigos, pero los recuerdos alrededor de ello ahora eran amargos; por otra parte, la idea de intimar con Stefan le provocaba un deseo irresistible de hacerlo realidad.

–Iris dibuja como nada que he visto antes, y estaría mintiendo si te digo que estos dibujos no me han dejado más duro que una piedra.

Stefan sintió una corriente de placer atravesarlo al escuchar eso. Tan solo imaginar que Dante estaba allí sentado a su lado en el sofá y estaba tan duro como él a causa de aquellos dibujos intensificaron el deseo y curiosidad que había estado combatiendo desde que la idea de estar con su mejor amigo de la manera más íntima posible había sido sembrada en su mente.

–Y tú ¿cómo reaccionaste cuando viste esto? –preguntó Dante alzando la imagen donde su cabeza estaba enterrada en la entrepierna de su amigo.

Stefan prensó los labios antes de responder, su erección apretada bajo su ropa.

–Duro –dijo a la vez que negaba con la cabeza– fue muy loco todo. Iris entonces comenzó a mamármelo... y cuando cerraba los ojos imaginaba que eras tú…

El corazón de Dante se aceleró esperanzado.

–¿Eso quiere decir que quieres hacerlo? O ¿al menos probar para ver hasta dónde te gusta?

Los ojos azul hielo se clavaron en la mirada oscura de Dante. Quería saber si la realidad era tan prometedora como su imaginación.

–Sí –respondió con certeza a la vez que se arrimaba más cerca a Dante.

–Pero tengo una condición –dijo el moreno– no puede interferir con nuestra amistad ni con el trabajo.

–Exacto.

Dante alternaba la mirada entre los ojos claros de Stefan y sus labios rodeados por el vello rubio de su bigote y barba. El corazón de Stefan bombeaba en su pecho frenético, sentía la adrenalina recorrer su cuerpo como la primera vez que se montó en la ambulancia para atender una emergencia, y como aquella vez, Dante estaba allí para acompañarlo y guiarlo.

Se inclinó hacia la figura imponente del rubio, sus labios conectaron con los suyos en un beso suave, tentativo. Sintió la suavidad de su barba rozar su piel, llevó una mano hacia su rostro. Stefan no podía creer la explosión de placer que lo atravesaba al besar a Dante, a diferencia de él, el moreno siempre llevaba el rostro afeitado, por lo que percibía la aspereza de su piel restregando contra sus labios; su mano era grande, masculina, las caricias en su rostro eran distintas al tacto de una mujer, y las sentía deliciosas, excitantes, sublimes.

La lengua de Dante se abrió paso entre sus labios, a medida que sus lenguas se enredaban en aquel baile, sus besos se tornaban más necesitados. El sonido de su respiración era lo único que se escuchaba en el recinto oscuro de la sala de estar mientras los dos hombres se besaban en el sofá.

Stefan desea explorar más de su cuerpo, su mano

trazando las líneas de su espalda, la firmeza de su hombro; Dante no se resiste y para aproximar sus cuerpos aún más y se monta sobre la imponente figura del vikingo, sentado frente a frente sobre su regazo, sus miembros rígidos hacen contacto a través de la ropa.

El rubio le quita la camiseta a su amigo, contemplando su figura de manera diferente. Rodea su cintura en un abrazo y acerca el rostro a sus pectorales, su lengua se asoma entre sus labios para estimular el círculo de su tetilla, suscitando un gemido excitado de Dante que mueve sus caderas de adelante hacia atrás, refregando su sexo hinchado contra el de Stefan.

El moreno toma su rostro entre sus manos y lo vuelve a besar con intensidad antes de quitarle la camiseta. Recorre el torso musculoso de su amigo con boca y manos voraces hasta deslizarse de su regazo y quedar de rodillas sobre el suelo.

Con las manos subiendo por sus muslos hasta el botón de sus pantalones la pregunta cae de sus labios.

–¿Puedo?

–Sí –exhala Stefan con lujuria.

Dante le quita el resto de la ropa, dejándola amontonada

sobre el suelo junto a la suya. Su sexo completamente erguido apunta hacia el cielo, Dante acerca su rostro sin preámbulos, abre la boca y lo traga entero, chupa su miembro lentamente, recorre su tronco completo, acariciándolo con la lengua mientras lo chupa y los dos hombres gimen más excitados que nunca.

La ilustración de Iris se ha hecho realidad, los rizos oscuros de Dante oscilan con el movimiento de su cabeza a medida que sube y baja, mamando rítmicamente la verga hinchada de Stefan, cuya cabeza está echada hacia atrás, consumido por el éxtasis que provoca su mejor amigo, se lo chupa de la manera más perfecta que jamás había experimentado. Con una mano sujeta la base de su miembro, la otra manosea expertamente sus bolas. El impulso de sus caderas se hace más intenso y Dante no deja de mamárselo, su propia verga hinchada a más no poder y bamboleando firme entre sus piernas mientras la longitud de su amigo entra y sale de su boca.

Los movimientos de Stefan se tornan más rápidos, sus gemidos aumentan el volumen.

–Estoy cerca – jadea el vikingo.

Dante lo chupa con más ahínco, deseoso de beber su clímax. Instantes después la verga de Stefan se hincha aún más entre sus labios antes del primer estallido de leche que brota de su glande; chorro tras chorro de semen blanco y espeso sale disparado de su miembro y Dante lo engulle todo, no desperdicia ni una sola gota de su esencia, su propio miembro prensado, reaccionando al placer que ha despertado en su amigo.

El sabor salado y masculino de su orgasmo permea la boca de Dante cuando Stefan choca contra él en un beso apasionado.

–Párate. Quiero probarte. Necesito probarte como tú me has probado a mí.

Dante se pone de pie y ahora Stefan es quien se pone de rodillas sobre el suelo. Empuña su grosor y besa amorosamente su corona rosada antes de metérselo a la boca, chupando la verga de otro hombre por primera vez en su vida.

El miembro de Dante no es tan largo y grueso como el suyo, aún así estira sus labios alrededor de su tronco y lo traga hasta la base, siente como su glande toca el fondo de su garganta.

Sus manos recorren su cuerpo, acariciando sus muslos, apretando sus nalgas, empujando su cuerpo a que penetre su boca una y otra vez.

Dante está más duro que una roca, agarra el cabello de Stefan, marcándole el ritmo que quiere que se lo mame al sujetar su cabeza y mover las caderas de adelante hacia atrás, cogiendo su rostro.

La figura maciza del vikingo de rodillas, chupándolo con tantas ganas lo tiene al borde del éxtasis. Sus estocadas se vuelven más intensas, despertando el reflejo de arquear en su amigo inexperto.

Cuando siente sus bolas prensarse, su orgasmo a punto de estallar, agarra a Stefan más duro por el cabello. Sus embestidas son cada vez más salvajes e intuitivamente el rubio sabe que está a punto de vaciarse. Dante no le da ninguna advertencia, salvo la expansión instantánea de su grosor un segundo antes de eyacular en su boca, derramando cinta tras cinta de semen en la lengua y garganta de su mejor amigo, quien traga su caudal con apetito perverso.

Desnudos, y la parte más intensa de su deseo saciada por los momentos, Stefan y Dante aún no están listos para que la noche termine. Stefan es quien sugiere que se duchen juntos.

Bajo el caudal de agua cálida, los dos hombres siguen besándose, sus manos se exploran mutuamente, Stefan descubre la placentera sensación de recorrer los ángulos y líneas firmes del cuerpo de Dante, quien a su vez se deleita en tocar el cuerpo tallado y fornido de Stefan.

Dante es el primero en tomar la botella de gel de ducha y verter una cantidad generosa sobre su palma para luego frotarla sobre el cuerpo del vikingo. Comienza por sus hombros, abriéndose paso por su pecho, su abdomen, hasta llegar a su miembro, que ya está erecto nuevamente.

Su verga surge entre sus piernas, larga y dura; Dante empuña su grosor, dejando su piel espumosa y resbaladiza por el jabón, sus dedos rodean el tronco y mueve su mano de la base a la corona, masturbando su rigidez. Acerca su cuerpo aún más al de Stefan, obligándolo a apoyar la espalda de la pared. El agua de la ducha cae sobre los hombros de Dante, dibujando riachuelos de agua sobre sus pectorales y por su abdomen, su propio miembro también surge recto y duro entre sus piernas. La piel tersa de su glande se aproxima más y más hasta que sus dos vergas se tocan. Dante echa más jabón sobre sus cuerpos, y con ambas manos rodea sus miembros, juntándolos y masturbándolos al mismo tiempo.

Stefan no puede dejar de contemplar la escena de ver su verga al lado de otra, tocándola, rozándola, la excitación que le produce este acto nunca antes contemplado lo consume, impulsando sus caderas a moverse con anhelo de fundirse con el cuerpo de su amigo, ambos frotándose el uno contra el otro con mayor lujuria.

La espuma del jabón se disuelve con la caída del agua, y pronto no queda nada; pero eso no los detiene de su implacable fricción. Los dos hombres están tan entregados a su encuentro que no se percatan del sonido de la puerta del baño abriéndose.

Iris había olvidado el cargador de su móvil, y al no obtener respuesta de Stefan, utilizó la llave que él le había dado de su apartamento. Pensó que quizás estaría durmiendo y que simplemente cogería su cargador y volvería a casa, pero al encontrar la luz de su dormitorio encendida y escuchar el sonido de la ducha, calculó que podría darle una sorpresa al acompañarlo en su baño. Lo que no había anticipado es que su novio ya tendría compañía.

Iris puede ver claramente la silueta de dos personas a través de la puerta de cristal, su mente entiende lentamente la escena que está contemplando, pero finalmente lo asimila. Su rostro está pasmado de asombro y su corazón late acelerado. Verlo en vivo y directo es mejor que cualquier video que pudiera encontrar o ilustración que pudiera hacer.

Los gemidos de Stefan se hacen más vulnerables, los dos hombres bombean sus caderas mientras Dante sujeta ambos miembros en un canal entre sus dedos y Stefan lo agarra por las nalgas para poder impulsar con más fuerza sus movimientos.

El contorno de la figura de Iris finalmente capta su atención, el moreno es el primero en notar que hay alguien más allí, pero en vez de inhibirse por su presencia inesperada, el hecho de que los está mirando exacerba su morbo y detona su orgasmo. Stefan, al seguir la mirada de Dante cuando éste volteó la cabeza, encuentra el rostro asombrado de su novia observando como él y su amigo se masturbaban mutuamente; no puede evitar volver la mirada a sus dos vergas frotándose juntas cuando Dante exhala un gruñido enajenado, el primer chorro de leche brota de su abertura y aterriza sobre ambos glandes. Stefan termina de caer por el borde del precipicio, la adrenalina y emoción cursando como fuego por sus venas al descubrir la mirada excitada de su novia al contemplarlo con otro hombre y sentir el semen viscoso de Dante cubriendo la piel rosada de su corona.

Los dos hombres eyaculan juntos, las cintas blancas del líquido espeso pintando sus miembros, su abdomen, deslizando por sus troncos y los dedos de Dante.

Ambos están jadeando y voltean simultáneamente para ver a la intrusa de su encuentro, no sabiendo exactamente cómo reaccionar ni qué decir.

Iris abre la puerta de cristal y es cuando se percatan de que ella también está desnuda.

–Pensaba acompañarte cuando oí el sonido de la ducha –dijo mirándolos de arriba abajo– pero déjame decirte que no tienes idea cuánto he disfrutado mirarte con la compañía que ya tienes.

–Lo siento Iris– dijo Stefan apenado; aunque estaba explorando algo que su misma novia le había metido en la cabeza, ahora se sentía mal por haber sucumbido a sus deseos sin hablarlo con ella antes, especialmente después de la manera tan salvaje que habían compartido hace unas horas.

–Te aseguro que no me molesta si me dejan mirar –dijo con astucia traviesa.

–¿Solo quieres mirar? o ¿también quieres participar? –pregunta Dante con osadía.

–Pues si me pueden echar una mano para aliviar el calor que verlos ha provocado, no diré que no.

Dante alzó la comisura en una medio sonrisa y miró a Stefan, quien asintió que estaba de acuerdo; a pesar de que los dos necesitaban un poco de tiempo para recuperar las fuerzas, había otras cosas que podían hacer.

Stefan sale primero y se para detrás de Iris, sus manos suben por su cintura y aprietan las suaves colinas de sus pechos mientras besa su cuello descubierto.

Dante inmediatamente se pone de rodillas ante la novia de su amigo e inhala su aroma innegablemente femenino antes de enterrar la lengua entre sus pliegos, encontrándola bañada en la crema de su excitación.

Iris exhala un gemido al sentir ambos rodeándola y adorando su cuerpo. La imagen de los dos juntos está tatuada en su memoria, excitándola más allá de la razón. Cuando la lengua de Dante hace contacto con la perla de su clítoris, sus rodillas flaquean por el exceso de placer.

Stefan besa y muerde su cuello, sus hombros; pellizca y retuerce los picos erguidos de sus pezones. Dante asalta su sexo con la boca, descubriendo cómo tiembla cada vez que provoca su clítoris.

El vikingo se arrodilla a sus espaldas y separa sus redondas nalgas con las manos, dejándola completamente expuesta. Mientras que Dante la chupa por delante, él ahora la lame por detrás, despertando nuevas terminaciones nerviosas cuando estimula el anillo cerrado de su ano.

Reconoce el significado de los jadeos de su novia, está cerca de acabar, y él ya ha aprendido qué cosas le gustan para provocarle un orgasmo explosivo. Con los dedos acaricia de un extremo a otro su abertura empapada, restregando sus jugos resbaladizos. Desliza dos dedos dentro de su raja hambrienta al mismo tiempo que traspasa su culo, lubricado con los jugos de ella y la saliva de él, con otro dedo.

Un gemido estrangulado surge de sus labios, se aferra a los hombros de Dante, el volumen de sus gemidos escalando a medida que los dos hombres la llevan al clímax con sus lenguas atrevidas.

Disponible en Amazon

Made in United States
Troutdale, OR
03/29/2024